U0093729

風雲時代

風雲時代

藏魂罈子

司馬中原 著

挑燈練膽

目錄

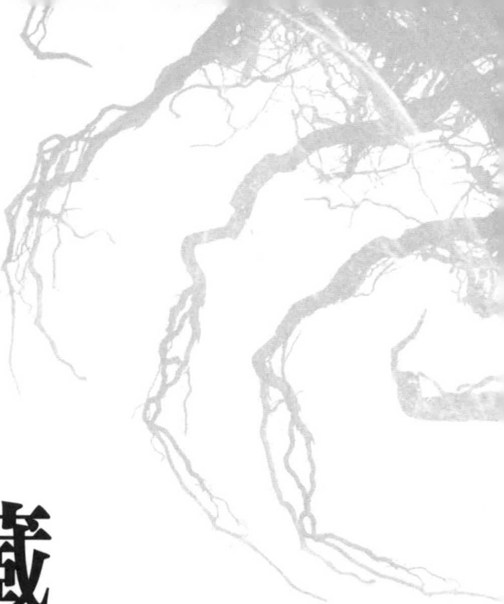

藏魂罈子

陸伯楷縣令背著手，在後衙的書齋裡來回踱步，書齋一角的長案上，疊放著許多古舊的線裝書，這些書籍，都是他耗費不少精神搜集來的，多半是雲貴高原的地方誌、風土誌、聞見錄之類的，包括了苗、傜、黎、僮、仲、擺夷各個邊遠民族的特殊風俗。

他以兩榜出身，分發到這地無三尺平，天無三日晴，人無三日寧的貴州僻縣來，不得不遵從「入境隨俗」的古訓，埋首在書案前努力鑽研，希望能對這一帶的風土民情，有比較深廣的認識。

除了普通的方誌類書籍，他還閱讀不少有關妖符邪術類的坊本，愈讀愈覺陰森怪異，難以理解，對於這些怪力亂神的事，他內心裡總是暗自懷疑，找不出擊破它們的證據之前，他只有姑且信之了。

早年在北方，他聽說過不少旁門左道的事，像白蓮教，八卦教，彌勒教，紅燈教，太乙教，江上的排教，像茅山道，辰州符之類的，有的能呼風喚雨，撒豆成兵，有的練五行遁法，有的會大挪移法，有的藉符咒召神喚鬼，有的能攝人生魂，但這些總有破解之法，愈到南方蠻荒煙瘴之地，妖符邪法愈爲駁雜新奇，使他連起碼的路數全摸不透了。

衙門裡的文案師爺朱秉文，在黔貴一帶待了十多年，可說是見聞廣博，他遇上疑難困惑，便要他跟班的長隨張三去請朱師爺過來，兩人煮酒聊天。

這晚他要張三去請朱師爺，自己在踱步等候著，過不一會兒，朱秉文進屋，陸縣令央他坐下說：

「我業已關照廚下準備小菜了，今夜的話題，放在當地的妖符邪法上，你見聞廣，在當地待的也久，不知你對這方面，有什麼看法？」

「嶺南一帶，旁門左道很複雜，」朱秉文說：「不過，大都是中原轉傳過來的，只是支系蔓延，生了不少變化罷了。有些在中原地帶久已失傳的法術，像魯班術，這兒的老師傳卻很精通，他們能在懸崖上造橋，絕嶺上建廟，借符法之力，做成看來不可能的事，所以，左道雖非正道，卻也不能把它看成妖術呢。」

「中原有許多左道，素行不正的很多。」陸縣令說：「比如毒害人謀奪產業，藉妖法作祟報仇，或是用在賭彩博弈上，獲得不義的錢財，有的還傷天害理的吞食胎兒，迷姦民女，所以律法上對施行妖術害人的歹徒，都判一等的重罪，不知這一帶地方，這類事件多不多見？」

「回老爺的話，嶺南雖在中原人士的眼裡，半是化外之地，他們的民風粗獷強悍，不過，他們生性魯直，黑白分明，不像中原人性那樣貪婪狡詐，這兒有一種左道，專門給貪墨的官吏警告，給小民百姓打抱不平，但也只是點到爲止，很少鬧出人命來的。」

「噢？真有這麼回事？」陸縣令饒有興致的說：「照這麼說來，他們可真是『替天行道』的人物啦。」

兩人正談著，跟班的長隨張三領著僕傭把酒菜端上來了，朱秉文乾了一盅酒說：

「我前任的一位師爺，就被左道整過。」

「左道爲什麼要整他呢？」陸縣令說。

「他姓閔，是江蘇人，文筆一等，對各類刑案也極熟練，但他這個人，雅好女色，和當地一個苗民的妻室有了首尾，當然，他也大把花銀子，原夫不捉姦告訴，旁人就略有所聞，也奈何不得他。那天，縣太爺轉調廣西，衙署同仁擺酒歡送，閔師爺爲首，說了一番歌之頌之的話，然後，在燈燭光裡開宴，酒過三巡，奇怪的事兒發生了，有人偶然一抬頭，看見閔師爺光禿的腦袋上，坐著一隻不斷眨著眼的綠蛤蟆，喉嚨一鼓一凹的在動，當時不好當眾叫出聲來，便附著我耳語，一面指給我看。」

「奇怪，蛤蟆怎會跳到人頭頂上去呢？」陸縣令說：「你確曾親眼見著了?!」

「屬下當然親眼見著囉，」朱秉文說：「不單我見著，全席的人也都見著了，一個個都在指指點點的，掩住嘴，不好意思笑出聲來。旁邊一個姓丁的同事，用手一拂，把那隻綠蛤蟆拂到桌面上，亂蹦亂跳的，糟蹋了幾樣好菜，這才跳到桌下不見了，大家也都談笑一陣，繼續吃酒。誰知隔不上一會兒，那隻綠蛤蟆又回到閔師爺的頭頂上去了，這回，非但拂牠不掉，拔也拔牠不起，因爲那蛤蟆半身嵌在閔師爺頭頂的肉裡，和頭皮緊連著，一拔，閔師爺就痛得哇哇叫。」

「噢，那是蛤蟆蠱，是一種從五臟六腑裡發作出來的毒物，」陸縣令說：「前不久，我才從書裡看到過。」

「老爺，您說得半點也沒錯，那是蛤蟆蠱，蠱毒裡最輕的一種，不會要人命，但讓人臉面盡失。您想想，光頭上頂著一隻活蛤蟆，怎麼有臉見人呢？……閔師爺是極要面子的人，當然要想盡辦法把這隻嵌進肉裡的綠蛤蟆給弄出來。他請遍了縣裡的名醫，大夥兒全搖頭苦笑，表示沒法子可想，最後，苗裔的門房老曠說了：這種蛤蟆蠱，要用純金的簪子，慢慢的從周邊挑刺，挑一下，疼到頂心，閔師爺必得咬牙苦忍三天，才能把牠挖出來。閔師爺萬般無奈，只有點頭答允，找了一根純金的簪子，挑挖三天，才把蛤蟆挖出來，但他腦袋上，卻像硯台似的，留下一塊蛤蟆形的凹塘，再也長不平了。」

「這真是曠世奇聞，」陸縣令說：「閔師爺呢？」

「閔師爺在這兒待不住，回他的原籍去了。」

陸縣令驚嘆了一陣，抬頭看見長隨張三站在一邊，就笑對張三說：

「張三，朱師爺的這番話，你可句句都聽著了，你們跟著我到這兒來，該要本分點兒，千萬不能倚仗官衙的威勢，逼人太甚，要不然，閔師爺就是你的榜樣。」

「大人，小的哪敢啦。」張三惶恐的打千說。

陸縣令笑笑，沒再說什麼，其實，他對張三平素的舉止，隱約的知道一些，這些跟班長隨，在主人面前是一副面孔，掉轉臉去對小民百姓，可又是另一副面孔。人說：小人得勢，躊躇滿志，一股炸鱗抖腮的凶相，無外乎找機會敲一點，訛一點，詐一點，裝進自家的腰包。張三早先跟過好幾位縣令，如今轉來跟隨自己，來到這窮荒僻縣，常在背地裡埋怨油水太少，今晚正好乘機點化點化他，免得他做得太過火，惹得人家把怨恨移到本官頭上，自己這些年奉公守法，因著包庇小人損劫名聲，那就太划不來啦，自己是個窮官兒，看在張三勤奮、辦事順溜的份上，多少也得略加兜攬，要不然，身邊連個可用的人都沒啦。

可是張三卻不那麼想，每當陸縣令和朱師爺談起妖符邪術的事時，張三就暗覺好笑，自己跟過許多大老爺，上頭大撈，下頭小撈，也都皆大歡喜，從沒見有什麼報應。飛簷走壁，飛刀留柬，也只是說書場上的形容，什麼妖人異士，自己從來也沒見過，縣令坐堂，只要拍動驚堂木，用鼻孔冷哼一聲，吩咐兩邊「大刑侍候」，就算他是江洋大盜，也只有叩頭求饒的份兒。通常不必那麼認真施刑，略略亮亮官威，大把白花花的銀子就賺進來了。可是，陸老爺他是黃河心的沙子，淤（迂）到頂底了，他做官不亮威，天生的窮命，做他的長隨，實在是霉氣呢。

這年的七月裡，上憲行文來，稱許陸伯楷精敏幹練，有爲有守，素得民望，頗具政聲，把他轉調到雲南大縣去掌篆。陸縣令內心很感安慰，張三也喜得抓耳撓腮，因爲這一去，到了滴油的肥地，算是摸撈有望啦。

陸縣令奉命打點赴任，他特意相邀朱秉文師爺繼續協助他處理文案，一面著人整理他的書籍文物，雇了兩輛騾車和騎乘的牲口，擇定日期動身入滇。

由貴州赴雲南，路程並不算遠，但山路崎嶇，走起來也夠累人的，他們走到半路上，騎在馬背上的長隨張三，忽然尖叫一聲，摔落到路上，大夥兒再一看，不得了，張三的一條左腿不見了，傷口整整齊齊，連一滴血漬都沒有，好像被快刀飛切掉的一樣。

怪就怪在傷口沒見血，也沒有疼痛，張三自己呆望著他失去的腿，也做夢似的，說不出所以然來。

陸縣令看過之後，吩咐人把他抬上騾車，交代說：

「這事你們不必向外哄傳，到了轄地，我自有區處，我們照常趕路好了。」

在路上，陸縣令和朱師爺談起來，朱秉文說：

「張三是您身邊的跟班長隨，有些話我不好說得，您爲官清正廉明，但對他也太寬懷大量了一點，俗說：官好見，衙難見，通常手底下跑腿辦事的，肚子裡欠幾滴墨水，老是鼻孔朝人，夜郎自大，張三也許太驕縱了，開罪了能人異士，乘機開了他一個玩笑，說是警告也好，懲戒也好，總是給了他一番教訓啦！」

「若說是教訓，這教訓未免太重了一點罷。」陸縣令說：「削掉了他的一條腿，讓他殘廢終生，這太……殘忍了啦。」

「老大人，您不必擔心，」朱秉文說：「他們既能用法術取去他一條腿，自然有法子把它補回來的。」

「天啦，這可不是補鍋補碗，這是一條活生生的人腿呀，就算華陀扁鵲活在世上，要補，也只當時補，隔了許多天，他的腿早已腐爛掉啦，怎麼補法呢?!」

「您萬請稍安勿躁，」朱秉文胸有成竹的說：「等到您入衙接篆之後，立即張出告示，屬下敢擔保張三失去的腿，再能接回來的。」

陸縣令雖知符法有它的厲害之處，但總沒親眼見識過，瞧著朱師爺氣定神閒，一副自信滿滿的樣子，也只有姑妄信之了。

他們在路上奔波了六七天，到了新的衙署，陸縣令掛心張三的左腿，便找朱師爺來，要他草擬那張尋腿的告示，朱秉文的文采的確不凡，大筆一揮，一張使人驚怪不置的告示出來了。

「照得本衙長隨張三，於本官赴任途中，離奇失卻左腿一條，無疼無血，蔚爲天下奇聞，法術之精，本官深爲景服，若有仁人君子知其下落，能補上張三之腿，使其免於終生殘疾者，賞銀一百兩，決不食言……。」

陸縣令看完這張草擬的告示，實在有些啼笑皆非，他不斷的搖著頭說：

「秉文，你是老於刀筆的人，該明白朝廷扶正驅邪的意旨，一個新到任的知縣，出這麼一張離奇怪誕的告示，叫上憲知道了，我的前程受損事小，張三的腿也未必接得上啊。」

「我說，老大人，您也不必那麼認真，您知道，不這麼辦，張三的腿是接不回去的，您要知道，這兒是雲南偏遠之地，離京城迢迢萬里，俗語說得好：『天高皇帝遠』，誰會爲一張小小的告示，上京去告御狀呢，您不妨先把告示張出去，有罪責，屬下先去自首。」

「好罷，」陸縣令說：「要是上憲不見罪，而你又能治好張三，使他免於殘疾終生，我倒要送你『義舉可風』的匾額一方了……」

這張令人驚奇的告示，終於張出去了。

說也奇，告示張出去的第三天，就有人到衙署前擊鼓，手持著揭下來的告示，說是有法子醫治張三失腿的怪症。

陸知縣抱著萬分好奇的心坐堂，接見了擊鼓的人，原來是一位鬚眉皆白的老人，看年紀，至少是九十以上，他穿著寬大的土藍布長袍，神采奕奕，到堂長揖說：

「聞說陸伯楷大人，胸懷日月，氣壯山河，今日一見，果然如此，只不過貴价張三，仗著官勢官威欺逼良民，故在中途施以薄懲，大人您既能不加包庇，我們為民的，當不便過分，張三在貴州之過，還望大人嚴加切責，使其不庸再犯，草民願為張三接腿。」

「好！」陸縣令說：「只要張三能以接腿，本官不願深究，老人家的建言，本官誠心採納就是了。」

「那就請大人著張三到堂，讓草民施術罷。」那年已近百的老頭兒說。

「好！」陸縣令拍動驚堂木說：「替我急傳長隨張三上堂。」

傳是傳得十萬火急，來卻來得慢慢吞吞，因為張三自從失掉左腿之後，連舉著扶杖用單腳跳都還沒學會，傳他上堂，得要兩個衙役抬他上來。

張三上了堂，那年近百歲的老人，從身邊取出一隻玉石製成的小盒子，打開小盒，裡面卻是一隻白冽冽的蛤蟆腿，老人稟告說：

「知縣大人，貴价在貴州時，貪淫好色，私行斂聚，作姦犯科的事，實在做得不少，故此，小老兒在半路上對他略施薄懲，大人出此榜文，引疚自責，小老兒不能因貴价貪瀆，損及您的前程，這就願將貴价的左腿補回去，請大人明鑒。」

「對張三的小人舉措，本官自責頗深，」陸縣令說：「還望老人家念在他胸無點墨，為一時貪欲所誤，給他一個贖罪自省的機會，只不過……這條蛤蟆腿管用嗎？」

「管不管用，大人等一歇就知道了。」

老人在堂口的方磚地上，踏著天罡步，嘴裡唸唸有詞，忽然捏起那隻蛤蟆腿，朝張三大喝一聲：「著！」把那條小小的蛙腿朝他飛擲過去，堂上和左右人等都還沒看清是怎麼回事呢，張三失去的腿業已補回去了。

老人接好了張三的腿，對陸縣令作了個長揖說：

「小老兒該辦的，全都辦完了，那份賞金，小老兒不敢妄取，請大人如數撥出，捐給當地的善堂罷！」說完話，他便袍袖飄飄的轉身走出去了。

被接回腿去的張三，這回可學乖了，跟隨著陸縣令，老老實實幹他本分的事，再也不敢埋怨什麼，據他私下對人說：他那條被接起的腿，平常是隻好腿，但每當他見錢眼開，或是見色心動的時候，被接的地方就跳著痛，痛得他咬牙，因此，他想學壞也學不成了。

經過張三失腿的事件之後，陸縣令處斷民間事務更加謹慎了，每宗案子，都要和朱秉文師爺反覆的研究，務期勿枉勿縱，同時，經常出巡各地，去瞭解民間的疾苦，不久，全縣的百姓，都知道他是個親民愛民的好官。

縣裡面，有個積案如山的惡棍叫牛二混的，民間投來的狀紙不下百十餘宗，狀紙裡面，稱他練有歹毒的妖術，就算衙門裡捉住他，也奈何不得他。陸縣令看到這些狀紙，大發雷霆，立即傳來衙裡的捕頭，問他捉拏牛二混有什麼難處沒有。

「稟老爺，這牛二混在當地行凶爲害，也不是一天了。」劉捕頭說：「前任知縣方大人，也曾嚴令屬下捉拏他到案，方大人數說他的種種罪狀，牛二混全都坦認不諱，方大人吩咐衙役，重重的打他兩百大板，想把他當庭杖殺，然後把他的屍首扔進大河去餵魚，衙役也恨他得緊，每一板子都發力施爲，一共打斷好幾支木杖。牛二混當時確是斷了氣了，屍首也叫扔進大河，誰知他的屍首並不隨水漂流，就挺在水上不動，過了三天他還了魂，第五天自己爬上岸來，一搖二擺的走啦。」

「你說的當真？」陸知縣迷惘了。

「屬下怎敢哄騙大人。」劉捕頭說：「這宗事，縣城百姓，太多人親眼見著的，告狀的狀紙上，寫他會妖術，半點不假。」

「嗯，天下竟有杖死又復活的人，也算是曠世奇聞了！」陸縣令說：「你先退下，我會想法子懲治他的。」

陸縣令遣走捕頭後，又召朱師爺來竟夜商量，朱秉文稟告說：

「那些狀紙，屬下早已逐件看過，這牛二混，確實是修習魔道的人，杖殺既然殺不了他，大人不妨依照他的罪行定他死罪，把他下在監裡，行文上憲，等奉了王命行刑，把他牽至法場砍頭，屬下意想，一個人身首異處，他再想還魂復活，怕就再沒那麼容易啦！」

「這倒是可行的辦法。」陸縣令沉吟一陣說：「按照牛二混所犯的罪行，判上十個死罪也不為多，前任方大人也許想速審速決，在權職之內予以杖斃，故有讓他還魂的機會，砍下他的頭，出了他的元氣，也許能破解掉他的妖法，使他無法再作怪啦。」

計議停當，二天升堂就拔了紅頭籤，命劉捕頭率領幹員，立即前去拘捕凶犯牛二混歸案。

怪的是：風聲那麼緊，牛二混並不逃逸，劉捕頭率領捕快去抓人，牛二混更不反抗，還笑嘻嘻的對捕快們說：

「上回杖殺沒死，這回換了個大老爺，敢情是想法子要砍我的腦袋了，我這腦袋瓜子能切下來洗一洗，讓它透透風，也是滿新鮮的事兒呢！」

劉捕頭順利捕得凶犯牛二混交差，陸縣令升堂審問，他把牛二混仔細的看了，那傢伙臉色青黑，眼窩深凹，兩道濃眉看上去異常陰森獰猛，頭上梳著個頂心髻，用牛骨簪子穿貫著，身上穿的是破舊的老藍布道袍，肩胛上還打有幾個補釘。

「你就是牛二混麼?」陸縣令問說。

「小的正是牛二混。」

「這裡有許多狀紙，都是當地街坊控告你的，」陸縣令說：「其中有好幾宗姦殺、毆殺的命案，是否是你所爲?你要從實招來。」

「不錯，」牛二混說：「那些事，全是小的幹的，人一個命一條，小的全都認了，小的願意嚐嚐被砍腦袋的滋味，取過供紙來，小的立時畫押就是了。」

見到他有恃無恐的樣子，陸縣令不禁疑惑起來，難道他的邪法眞的練到那種程度，就算被砍了頭，也有法子接得回去麼?!懷疑儘管懷疑，總得先把取供畫押的事辦掉，將牛二混打進監牢再說。

爲了防止人犯逃脫，陸縣令著人用火燒四門的方法，剃去他四撮頭毛，又用烏雞黑狗血潑灑他的全身，然後將擬定他死罪的文書稟呈上憲，等候批示下來好行刑。

處斬妖人牛二混，在縣城裡是一宗遠近哄傳的大事，正因上回牛二混被杖殺後復活，人們懷著極爲好奇的心理，想瞧瞧這回陸大人和妖人鬥法，是否能贏得了?!

立秋後不久，在南方的季候，仍是林木蔥蘢，不見秋意，巳刻末，縣裡的衙役就把死囚牛二混鎖在囚車裡推了出來，前後都有兵勇開道護持，一副如臨大敵的樣子。

牛二混的背上，插著一面亡魂牌子，叫小風刮得沙沙響，囚車經過衙前的大街，朝西邊的法場推過去，看熱鬧的人群一路跟隨著，身披紅披風的劊子手，抱著一柄鬼頭刀，走在囚車的後面，擔任監斬的縣太爺的轎子，也一路鳴鑼喝道的抬出來了。

太陽高高的照在法場上，場子當中立下一支碗口粗的斷魂樁，樁頭上繫有鐵環，兩名勇健的衙役打開囚車頂蓋，把死囚牛二混挾持到樁前，踹他的後腿，使他跪下，然後拔出背上的亡魂牌子，送到端坐在監斬棚內的陸縣令案前，聽候他用硃筆點卯。

陸知縣看了看天色，消停的在死囚牛二混的名字上方，用硃筆點了一點，將亡魂牌子擲了下去。

時辰離午時三刻已近了，劊子手先把死囚牛二混的辮子一拖，將辮梢繫在斷魂樁的鐵環上，這樣一來，死囚便低著頭，伸長頸項，劊子手右手抱刀，刀鋒朝外，刀背依著他的胳膊，他上前半步，量準距離，彎身扭臂，略略試了一試，同時抬起臉，向監斬棚裡的監斬官望著。

時辰到了，棚外響起一聲號炮，監斬官將拇指朝下做了一個手勢，劊子手便踏步旋身，眾人單見紅色的披風炸成一朵紅花，刀光映著太陽光，飛快的一閃，喀嚓一聲，死囚的脖子上業已朝外噴血，而那顆人頭，倒垂在斷魂樁上悠盪著，牛二混惡貫滿盈，總算是身首異處啦。

「把他的頭，懸竿示眾三日夜，」陸縣令吩咐說：「然後發交死者家屬入殮。」

監斬完畢，賞了劊子手一個大紅包，陸知縣回到衙署裡，覺得心上輕快了許多，多日來壓在心頭的沉重，終於解除了，他心想：在這樣炎熱的天氣裡，一顆快刀切掉的腦袋，懸掛在旗竿上示眾三日夜，即使還沒生蛆潰爛，也該臭氣四溢了，即使是大羅天仙下到凡間，想讓牛二混這妖人復活過來，恐怕也辦不到了！

「張三，替我準備些酒菜，請朱師爺到書齋來，好好喝上幾盅。」他吩咐說。

朱秉文師爺來後，首先作揖，向陸縣令恭賀說：

「大人，這回您算是施了鐵腕，把為害地方的毒蟲給明正典刑了，我想，那牛二混再也沒有好混的啦！」

「嗯，我原也是這麼想的，不過……不過，我突然想起當初張三失腿的那回事來，張三失腿的天數，不止三日夜啊，那位白眉白髮的老人家，仍然能用符咒把它給接上，假如這牛二混也有那種能耐，那可就……」

「大人也不必擔心，」朱秉文說：「張三當時失腿，他卻是活人，本身有一口氣在，老人用蛤蟆腿接上，蛤蟆腿也是新鮮的，這就好像花木接枝一樣；如今，牛二混已經死了，腐屍能夠接合，那口氣打哪兒來呀?!」

「你的推斷，於情於理都沒錯的。」陸縣令說：「我奇怪的是，初初捉拏牛二混到案時，他那副滿不在乎的模樣，有些令人莫測高深，如今多說也沒有用，等到三天後再看罷。」

時間過得很快，牛二混那顆人頭懸掛在高竿上，已滿了三日夜的時限，縣勇把它取下來，交在等在竿下的牛二混的老母，那白髮老婆婆淚汪汪的把它抱走了。

錢財。

過了一夜，有人慌張到衙前擊鼓報案，說是他親眼見到牛二混到投狀告他的人家訛詐

陸縣令立即傳見報案的人，問說：

「你說的可是當真？」

「小人怎敢欺騙大人，那牛二混的腦袋，好端端的生在頸子上，只是頸間多了一條紅色的線印兒，他說是：你們害我這回被砍頭一次，照例要給砍頭費……那些告狀的人都快要叫嚇死啦。」

「恐怕是有人冒充牛二混罷，」陸縣令說：「立即傳劉捕頭來，我要著他去抓那訛詐錢財的人。」

劉捕頭辦事很快當，當天傍晚，就把人給抓的來了。

陸縣令仔細端詳人犯，果然是如假包換的牛二混，他心裡非常駭怪，連連拍動驚堂木問說：「你果真是牛二混麼？」

「不錯，小人正是牛二混。」

「你，你是在法場叫砍了頭的牛二混？」

「是啊，」牛二混陰陰的笑說：「我上回犯的罪，你已經把我給處斬了，雙方算是扯平啦，如今我活回來是我的事，我既沒殺人，又沒放火，你想把我怎的？大人，你總不能每隔三五天就殺我一回罷，要殺，可以，那得等我犯夠了死罪再說啦！」

「大膽的牛二混，你少替我得意，」陸縣令怒聲說：「本官就以你用妖術惑眾為名，把你打進囚獄，報請上憲，再將你處斬。」

「好啊。」牛二混說：「處斬一次，大不了我死上三五天，好像睡一場好覺一樣，老實說，我要是在乎被砍頭，你衙門裡的劉捕頭，可沒那麼容易捉到我呢。」

「天下我還沒見過不死的人。」陸縣令說：「你在獄裡等著，我會解破你的妖法的。」

他把牛二混打入囚牢後，回到後衙書齋，滿心悶鬱的踱著方步，忽然張三跑來稟告說：「老爺，老爺，朱師爺他領著一個白鬍老人來求見，那老人正是替小人接腿的那個呢。」

「好！來得好，」陸縣令雙眼一亮說：「快請，快請！」

朱秉文師爺果然扶著那白眉白髮的老人進來了，老人一進屋，就呵呵的笑說：「大人可是為妖人牛二混的事煩惱？小老兒這回下山，正是為大人解憂來的。這牛二混學的是嶺南的魔法，按他的罪行，業已到天誅地滅的程度了，小老頭自信能解破他的魔法，使他伏法喪生。」

「本官正為牛二混屢次死而復生困惑著，」陸縣令說：「他分明叫砍下腦袋，懸竿示眾三日夜，怎麼還能復活的呢？」

「說來很簡單。」白眉白髮的老人說：「他練的是藏魂術，能先把自己的生魂提出泥丸宮，用一隻書滿符咒的罈子藏將起來，然後他就行凶作惡，官府刑殺他，只能刑殺他的血肉之體，並傷不到他的生魂，因此他才有恃無恐。這一回，大人報呈判他極刑，在行刑之前，一定得派人到他住處，搜出那隻藏魂的罈子來，在露天空曠的地方，揭開罈口，毀去罈上的符籙，然後用小老兒的這柄扇子，推散他的生魂，使它不能再聚，然後法場行刑，他就會真的死了！」

老人說著，遞過一柄摺扇來，那是一柄普通的摺扇，打開看時，扇葉是黑色的，上面畫著五道難解的符籙，陸縣令見了，掩不住的驚喜，起身道謝說：

「您真是老神仙，若真襄助本官，除卻地方的一害，在下要替當方的百姓向您致謝啦。」

「千萬甭說謝字，」老人說：「小老兒事情業已交代清楚，這就要告別回山去啦，您可別留我，小老兒多年不食人間煙火，不會討擾您酒飯的；記住，要先著人去找那隻藏魂的罈子。」

老人告辭之後，陸縣令立即密令朱師爺帶領劉捕頭和一群捕快，找到牛二混的家裡，經過一陣細密的搜尋，果然在一處暗穴裡，找到那隻神秘的罈子，當朱師爺抱起那隻罈子時，牛二混的老母先哭泣起來說：

「二混啊，你平素作惡多端，都仗恃魔法再生，這一回，你的命已該絕，我除了替你收屍，再沒旁的好做啦。我的兒，這全是你的報應啊。」

陸縣令完全依照老人的囑咐，把那隻神秘的罈子搬到露天曠地上，撕碎罈上的符籙，揭開罈口，用老人給他的那柄黑色摺扇，不斷的推風，他們都看到有一股黑煙，從罈口冒出來，被推得一縷縷朝空飄散。

當天夜晚，獄卒來報，說是牛二混不飲不食，兩眼呆滯無神，就好像患了重病一樣。「灌給他一些湯水，」陸縣令說：「他只是暫時失了魂，死不了的。」

等到死刑案被批准了，陸縣令提出死囚來，和上一回一樣，遊街後推到法場，一刀斬下牛二混的腦袋，照樣懸首示眾三日夜。這一回，牛二混的老母找皮匠縫合他的腦袋，早已潰爛生蛆，再也活不回來了。

「嗨，古人說：多行不義必自斃，真的不錯，」陸縣令無限感慨的對朱師爺說：「牛二混仗著魔法，弄出藏魂的狡獪來，最後還是被真人識破，丟掉了性命，一般的惡人也得想想，人的命只有一條呀！」

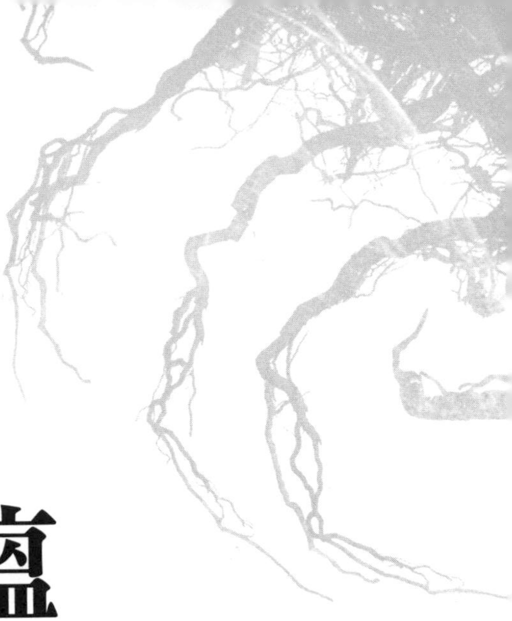

瘟鬼

「起瘟嘍，嗨，又起大瘟嘍。」楸樹坪的葛二奶奶嘆息著對人說：「是老天要絕滅人，按著瘟簿兒點那生死收卯的罷！」

葛二奶奶是活過九十的人了，平素熱心熱腸，扶危濟貧，鄉下人都管她叫活菩薩，但在她活過的年歲裡，這大片的荒鄉僻壤，日子卻過得萬分艱難，盜賊、兵燹、水澇、大旱，輪番交替著來，而瘟疫總是在這種時刻趕來湊熱鬧，把人弄得提心吊膽；葛二奶奶是過來人，她沒唸過書，也不識幾個大字，她卻慣把每一個日子當成一頁書來唸，年紀雖然老了，她的腦筋真夠好，能把她經歷過的每宗事情，清清楚楚的道出來，甚至連哪年哪月哪個日子都不會記錯。

「瘟，是歸瘟神管的，」她用深信不疑的表情說：「祂手裡有一本瘟簿兒，註明瘟區在哪些地方，該死多少口人，凡是在劫的，全躲不過。」

其實，這話不用葛二奶奶說，鄉野傳聞也都是這麼形容的，說是某年起大瘟的時刻，有人親眼見到過瘟神，她是個佝腰的老婆婆，用青巾蒙住頭臉，肩上背著一個布囊，一壁在濛霧裡走著，一壁抓著袋裡的瘟蟲到處撒，隔不上兩天，瘟疫就鬧開了。

在常鬧瘟疫的地方，人們對各類瘟症都很熟悉了，像使人變成麻臉的天花，使人高燒不退的汗病（即傷寒），使人脾臟腫成燒餅般硬塊的痞塊病（即黑熱病），使人上吐下瀉的霍亂痧子，這些病多起在春夏之間，民間俗稱它叫春瘟；有些瘟疫是水澇之後帶來的，像水鼓症、大頭瘟、橡皮腫、癬疥，人們就管它叫水瘟；如果天鬧大旱，赤地千里，上天就會降下火瘟來，像毒骨疽、竄骨瘤、火眼症、無名腫毒等等。

在這諸般瘟疫之中，人們最怕的就是鼠疫啦。偏偏這回在楸樹坪、西王莊、大湖窪一帶鬧出來的，正是被叫做黑死病的鼠疫。

西王莊有位老中醫王老爹，和楸樹坪私塾的吳老塾師，被各莊執事的仕紳請出來，一起商議怎樣應付這個天劫。

「老鼠瘟，顧名思義，是由生這種瘟疫的病老鼠引起來的，」老中醫說：「這種瘟症，早在千百年前，就四處流行過了，尤獨在南方雲貴一帶鬧得很厲害，一死就是成千上萬的人，要想減少傷亡，得鳴鑼傳告各村，家家打掃，清理鼠屍，把牠們火化掉。」

「王老爹，您行醫多年，難道中藥治不了老鼠瘟嗎？」仕紳當中的秦大叔問說。

「中藥能治百病，但對多數的時疫，藥效顯得緩慢，」王老爹說：「拿霍亂痧子和汗病來說，要是病人身子壯健，本身抗病力強，及時服藥，也許能以挽救，但對老鼠瘟這種怪病，施救起來，就力不從心了！我這裡倒有些單方，煩請吳老塾師趕寫一些，交給各村莊自行張貼出去，能有多大的效驗，目前也不敢說，只能死馬當成活馬醫罷啦。」

「諸位何不去請教活菩薩葛二奶奶呢！」吳老塾師想起來說：「她這一輩子，經過許多次大瘟疫，至少，她對老鼠瘟的來龍去脈，有過經驗的啊。」

仕紳們惶恐無計，果真去拜訪葛二奶奶，那個老人瑞坐在一把舊椅上，聽說四鄉鬧的竟是鼠疫，臉上便顯出呆滯陰鬱的神色來。

「阿彌陀佛，是老鼠瘟啊！這就慘啦。」她說：「這種怪病，是老鼠先得的，老鼠得了這種病，就無緣無故的死在牆洞裡，暗窟裡，人起先根本看不到鼠屍，等到鼠屍日久爛掉了，發出瘟臭味來，人一嗅到那種臭氣，也就跟著發起病來啦。我家死鬼老頭，不就是患了老鼠瘟死掉的嗎?!」她說話時，兩眼光是眨動著，卻眨不出淚來，她已經老得泛不出淚水了。

「那怎麼知道誰得了這種瘟病呢？」吳老塾師說：「若有明顯的症狀，我也好及早在貼子上寫明白，傳告給各村的人知道啊。」

「啊，你說症狀？病家最先在身上隆起一個硬塊來，也許在胳膊、胸口、腰脅、大腿那些部位，那個硬塊的顏色，微微帶些紅，可硬得像石頭子兒一樣，輕輕觸碰，很疼很疼，好像摘了心肝一般的疼法，過不久啊，病家就發起高燒來，大睜兩眼，胡言亂語，有的發病當天就死了，有的拖到第二天就死，找醫生也沒有用的，吃藥根本沒有效驗，有人痛極了，硬是咬著牙，拿刀割掉那個硬塊，可是割掉這裡，又在那邊冒出來，但凡得了老鼠瘟的人，一千個人裡頭，難得有一兩個留得住性命的，你們說，怕人不怕人啊?!」

經葛二奶奶這麼一說，大家夥你看我，我看你，全都嚇得面無人色，有的搖頭嘆氣，有的乾搓著兩手，最後，老中醫王老爹說：

「橫豎鼠瘟業已鬧開了，咱們惶恐焦急也沒有用，我這就去準備藥材，諸位也都去通告村鄰，盡量把家裡打理乾淨，找到病鼠屍體，千萬不要亂扔亂埋，一定要架起乾柴烈火，把牠們燒化掉。哪戶人家有得病的，家裡人要和他分開飲食，不能共用碗筷，免得被他「過」上。（過，即是傳染的俗稱。）咱們只能減少人們染病的機會，要是疫症鬧得太厲害，那只有暫時遷到外地去避瘟啦。」

也許因著恐懼罷，起瘟時的各種景象，看在人們的眼裡都不一樣了，鑼聲四處鍠鍠的響著，傳報瘟訊的人，聲音又啞又慘，彷彿在報喪一樣，各家各戶，用手巾蒙起口鼻，在宅子裡打掃清潔，搜尋鼠屍，村口燒起大堆的柴火，焚燒鼠屍時，大人都告誡孩子不得靠近，免得聞著那種焦臭的氣味，惹上病毒。到汪塘取水回家，也用加倍的明礬攪水，並且蓋妥缸蓋。四鄉的人，都把滅鼠當成救命的活計，日夜的猛幹，老中醫張貼出去的藥方子，被人當成護命的靈符，有病沒病，都先到鎮上抓幾劑藥來懸在家裡備用，恐怕到臨時藥材不足，找不到藥，治不了病。

饒是這樣，老鼠瘟還是在這一帶迅速的蔓延開來了，東莊頭老孟的一家最先染病，不到三天，全家五口全都死光了。緊接著，楸樹坪又有好幾家發了瘟症，症狀和葛二奶奶形容的一模一樣，他們自知免不掉，全家擁抱在一起痛哭，說著死後到陰司見面的慘話。外面的天色也陰沉沉的，連風都帶著陰慘的氣味，人走到村裡，能聽得見許多屋裡都有哭泣的聲音。

老中醫說的話沒錯，中藥單方對這種怪病唯一的效驗，只能減輕一些患者死前的疼痛，使他們能苟延殘喘，多活個天把天，而且燒得不那麼厲害，不致發狂而已。

秦大叔被各村推爲總執事的人，他明知以人力對抗這種天劫，是微不足道的，但他仍然卯上全力，帶著各村的精壯漢子，用細布蒙頭罩臉，拉了牛車在村裡爲病家收屍掩埋。換是在平素日子裡，死下人來是宗大事，略微富有的人家，都備辦像樣的棺木，爲死者舉喪開弔，貧寒的人家買不起大棺，也有白木薄皮材可睡，最差最差，總得要以蘆蓆密密包紮妥當，添土圓墳，使死者入土爲安。但遇上這種大瘟，哪個村裡每天不死一堆人？連找人抬埋都找不著了。秦大叔顧慮到處理病家的屍體，是防疫最關緊的大事，如果恁它留在宅裡潰爛，又會害得更多人染病，他不得不勒令各村出丁，組成收屍的車隊，在荒野上挑出一座座的大坑，遍灑石灰水，無拘死者是誰，都運出去一坑埋葬掉。

愁雲把人壓著，慘霧把人裹著，人到這種淚眼相看的時辰，也都沒了主張啦。起先家戶裡死了人，一家還圍繞在死者身邊哭泣，到後來，人們只有睜著眼發呆的份，把死者穿戴妥當，放在門邊，等候運屍的牛車到來，抬上去了事。

面對著這種捲地而來的大劫難，葛二奶奶倒是平靜的，也許她早就看穿看透了，人的一生，免不了天災人禍這些磨難和風浪，如果每個日子是一頁書本，那也總像古老的唱詞，逢「記」必苦，她對晚輩們說：

「人各有命啦，沒什麼好焦急的，像我，業已活過九十了，就算染了老鼠瘟，也沒什麼值得驚怪。替我換套素淨的衣裳，把觀音大士座前的香火點燃起來，我要替各村的人唸經祈福，老天是不會讓人盡數絕滅的。」

鼠疫愈鬧愈烈了，西王莊有幾戶人家，火焚了他們的宅子，收拾了細軟，打算舉家搬進縣城去，沒過幾天，他們又被縣城商會組成的槍隊逼回來了。商會的理由是，縣城的人口稠密，一旦染了鼠疫，會死更多的人，他們用槍隊鎖住道路和渡口，拒絕疫區的人進城。

有人說，連洋人開辦的耶穌會的教堂也關了門了，一位英國的教士，用華語對人說起，百多年前，倫敦也鬧過鼠疫，兩三個月內，死掉五六萬人，死掉的，都用垃圾車拖去市郊火化掉，這也就是說，當時的西醫，對黑死病同樣束手無策。那教士還說，老鼠瘟一度橫行整個歐陸和西亞，土耳其國也同樣鬧過這種大瘟，死的人更多。

鄉間原本有些比較富有的人家，打算進城去求助西醫的，聽到這話，希望也斷絕了。死亡的影子，像昏夜中抖翅的蝙蝠一般，在人眼裡飛翔著。

村塾裡的吳老塾師，並沒染瘟發病，他夜晚出門上茅坑，卻看見成千上百團綠瑩瑩的鬼火，排成隊一路滾跳過來，滾至近處，還聽得見敲鑼打鼓的聲音，嘈嘈切切的喧鬧，牲口頸下的鈴響，嗚呀嗚的吹角聲，噠噠的馬蹄聲和刀械的摩擦聲。老塾師平素遵奉孔教，從不相信怪力亂神的傳說，認爲那全荒誕無稽，他擦擦眼，仔細再看，月光朦朧，他看見有許多旗幡在隱約的晃動，二天一早，他就跑去告訴老中醫說：

「我雖有了年紀，卻耳不聾，眼不花，可卻在三更半夜裡瞧見這些異象，又聽見許多怪聲，究竟是怎麼回事呢？難道?!難道真如民間所傳的，見著過陰兵了?!」

關於過陰兵的事，瞧著的不只是吳老塾師，在楸樹坪、西王莊一帶，一共有十多個人異口同聲，都說是他們親眼見著的。

秦大叔的一個姪子發了瘟，當天夜晚，他全身發高燒，自己扒光衣裳，身子紅斑點點，像油鍋裡汆過的紅蝦，兩眼瞪瞪的連家人也不認得了，跑到屋外亂蹦亂跳，說了一大堆瘋話，家裡人都認定他應了劫，必死無疑，也只有由著他。

他跳到他族叔門口，忽然倒地不起，鼻子裡打著鼾，好像酒醉酣睡一樣。秦大叔也趕過去看了，打算天亮後把他抬上牛車，拖去埋葬。離天剛亮，他翻身坐了起來，身上的高燒明顯的退了，紅斑也變淡了，對著人問他怎麼會臥在露天地上？

秦大叔把他發病的情形說了，做姪兒的說：

「難道我只是在做夢嗎？」

「做夢？你說說看，你夢著什麼了?!」

「啊，我分明是聽見門外有聲音，跑出來看熱鬧的。」做姪兒的說：「我看見一隊兵馬，打村口開拔過來，有個官差抓住我說：『小兄弟，你年輕力壯，過來替咱們扛扛傳送牌子罷！』說著，有人塞給我一面木牌，牌子上寫的有字，我記得那上頭寫的是：『地府陰差，率收瘟鬼卒廿七名，前赴孫家老莊、大河口等處，拘回瘟鬼之魂，給牌爲證，沿途各土地供應如律……。』我去了孫家老莊、大河口之後，那官差才肯放我回來的。」

「啊，竟有這回事?!」秦大叔駭異萬分，倒吸了一口冷氣說：「瘟神四處撒瘟，瘟鬼日夜收魂，無怪葛二奶奶說，這全是天劫了。」

被陰差拉伕去的也不只是姓秦的後生一個，西王莊的二麻皮、丁禿頭，也發病後昏迷又甦醒，說是被拉伕，忙著運屍背雜物，過後一再懇求，才被釋放回來的。

信與不信是另一碼事，但這些被陰差拉去又釋回的人，一個個都保住了性命卻是事實。瘟症仍在四處蔓延著，聽說也已經鬧到縣城裡面去了，夜來晚黑，荒郊的鬼火四處亂滾，許多病人仆倒在郊野上，真如古書上形容的，闔門同盡，比戶皆空的情形，所在都有，死亡成了一隻張開黑洞洞大嘴的怪獸，來者不拒的吞噬著人，三尺童男，兩尺童女，牠是一體照收。

葛二奶奶在宅子裡，當著觀音大士像前，誠心正意的日夕誦經，那天夜晚，她手捻經串兒（即唸珠），閉上眼睡著了，她忽然夢見觀音微笑著，端坐在蓮花座上浮海而來，臨到她面前，對她說：

「施門葛氏，天帝念妳一片誠心，讓妳傳下丹方，就用妳楸樹坪的那些楸樹根，熬水灌治那些病家，使他們免應天劫罷。」

葛二奶奶醒後，趕緊著人去奔告秦大叔，秦大叔聽了，也將信將疑，好在得了老鼠瘟，十有八九是沒有救的了，不如姑且試上一試；他立即著人刨樹，取根熬水，對病家施以灌治，說也奇怪，凡是灌了楸根水的病家，就退燒脫皮，毛髮脫落，一個個被從鬼門關前拉了回來，而楸樹根熬水，便被鄉野上人稱為「葛奶奶神湯」，遠近患染瘟疫的人，紛紛趕來乞討。

大瘟之後，楸樹坪只落下一個名字沒更改，但所有的楸樹全被刨得一乾二淨啦。

「嗨，」大難沒死的吳老塾師，感慨萬千的大嘆著說：「古書上，老子說得不錯，這真是：『師之所處，荆棘生焉。』瘟疫和兵燹一樣，都是凶戾之氣所聚，若不是天也憐人，你我之輩，早就上了黃泉路，不再為人啦。」

「瘟有瘟鬼，看來我也不由不信了。」老中醫說：「但楸樹根熬水能治要命的鼠疫，千金方上可從沒列過，人說：活到老，學到老，只是這一項，就夠我學一輩子的啦！」

攝物鬼

夏家湖早先確曾是個湖，在黃河奪淮，還沒回到它山東舊道的時候。後來，黃河還是走了，湖身缺少活水灌注，一年年的淤塞起來，附近的人家，逐步的開墾，點種些低地的莊稼，那兒名爲湖，實際上只是寬長十多里的窪地，由於最初開墾它的人姓夏，人們就管它叫夏家湖啦！

一座沒水的旱湖，四周圍灌木蓊鬱，人煙稀少，據傳宋代之後，這兒曾是金兵和宋軍鏖戰的戰場，元明兩朝，這兒也鬧過兵燹，留下大片的亂塚，這附近便多了講不完的鬼怪妖魔的故事。

湖東的夏家水圩，是年代久遠的老村落，水圩裡幾十戶住家，大多是夏姓的族人，他們家族是夏家湖的初墾者，生活富裕，爲防大股盜匪過來剽掠，他們就砌碉樓，買槍枝，拉起護圩的槍隊來，公推二房的夏鏡湖率領這支槍隊。

夏鏡湖年紀不大，也不過卅出頭，但在族中敘起輩分來，仍是一般年輕漢子的長輩，附近的人都管他叫夏小老爺，小老爺的妻室劉氏，是北劉莊的貢生劉老爹的閨女，入門後，好幾年沒生育，忽然得孕生了個男孩。

夏小老爺卅歲後得子，樂得合不攏嘴來，逢人就講：

「人常道：卅無兒吃一驚，這好，我懸著的心總算放下來了，女兒是千金，兒子値萬金，我就替他取個名字，叫夏萬金好了。」

夏小老爺萬萬沒有料到，夏萬金這個名字取得太張狂，聽在江湖闖道朋友的耳朵裡，很容易會錯意，聯想到珍珠寶貝那些物事上頭去。有好幾股盜匪都謀算著抬財神。夏小老爺耳風刮著了，免不了暗自焦急，他特別關照奶娘袁媽，要悉心的照顧小少爺，如果抱出宅子，一定得有兩個僕從跟著護駕。

夏家水圩的背後，是一條長長的活水溪河，河邊是大片的竹林，綿延一里多長，在烈日炎炎的大伏天，圩裡的居民常愛到竹林裡乘涼，那天午後，袁媽就抱著小少爺走進那片竹林，竹葉隔著天光，滿眼綠幽幽的，涼風搖拂竹葉，沙沙的響成一片，袁媽一壁走，一壁唱著兒歌：

「豆蟲兒，豆蟲兒，飛飛，

萬金兒，萬金兒，追追……」

她搖晃著身子，把懷裡的萬金兒逗得呵呵的笑了起來，兩個僕從也都喜笑顏開，一個捲起竹葉打呼哨，一個用竹葉做成小船、放到溪河裡讓它漂流。

萬金兒樂得咿咿呀呀，手舞足蹈，他身上穿戴的那件大紅披風，被涼風兜得鼓鼓的，風帽的正面，繡著純銀雲頭花鑲邊，中央綴有一粒珍珠，下面嵌著「長命百歲」的金葉片兒，亮麗的金與紅，映襯著綠竹，惹來不少鄉鄰的注目。

這樣玩耍了一陣子，袁媽想起什麼來說：

「快一個時辰啦，要抱小萬金兒回屋啦，小老爺和小老孀兒都在盼著呢！」

袁媽抱著孩子，轉身朝回走，走出竹林再一瞅，萬金兒頭上戴的那頂風帽，不知怎麼的不見了。

「怪啊，剛剛還戴在娃兒頭上的嘛，」袁媽說：「沒人扯沒人拽的，怎會不見了呢?!」

「也許叫竹枝勾絆著了。」僕從小李說：「趕緊回頭去找罷。」

三個人打原路回頭找了一陣，根本沒有，袁媽急得滿頭冒汗，只好回到宅裡，把這事對夏小老爺說了，小老嬸兒聽了，也搶出來說：

「那不是一頂普通的風帽，帽頂上的珍珠、金葉片兒，折時價，至少得上百的大洋，是不是有人瞧著眼紅，順手牽羊摸走了?」

「不會的。」小李說：「我和小曾兩個，跟在袁媽身邊，根本沒人貼近啊。」

「你們兩個趁天沒黑，再替我到竹林去仔細找找，既沒人偷，好端端戴在萬金兒頭上的風帽，怎會不見的呢?」夏小老爺說：「真是蹊蹺透了!」

剛打發兩個僕從出屋，有人來稟告說劉老爹來了。小老嬸兒一聽說爹來了，便對丈夫說：「這好，我爹博覽群書，見多識廣，這種疑難事兒，不妨跟他老人家說一說，看看究竟是怎麼了?」

小老嬸兒可沒說錯，劉老貢生確實是個飽學之士，肚皮裡裝的有一本博物誌，天上地下的事，他沒有不知的，尤獨精於六壬術，掐指一算，就能預知未來事物的變化，在荒落的鄉角裡，幾乎被人看成半仙。

夏小老爺把萬金兒在竹林中遺失風帽的事，對老岳父講了，劉貢生掐指數了一遍，臉色忽然變得凝重起來說：

「不得了，嗯，這是一種殭屍化成的惡鬼，它要啖吃什麼人，一定先攝取那人的衣物或是飾物，認準了氣味，好在半夜三更前來肆毒，這可是非常的禍變啦。」

「哎喲，這怎麼辦呢？」夏小老爺惶急得只是搓手。

劉老貢生瞧瞧天色說：

「也別急，你速速準備騾車，由你夫妻倆，帶著奶娘和僕役人等，抱了萬金兒，一路加速急奔，至少要奔到四十里外，找一處親戚家落腳，先住上三個月再講，要不然，這孩子的性命難保啦。」

「事到如今，也不用猶疑了。」小老孀兒說：「就打點些細軟，朝北去路家灘罷，路家表舅家大業大，高牆大屋，莊丁又多，咱們去了那邊再計較。」

劉老貢生這番話，使得夏小老爺夫妻倆忙得團團轉，大有「人在家中坐，禍從天上來」的味道。

一個時辰之後，僕從小李和小曾回來，稟說風帽仍沒找著，夏小老爺就吩咐說：

「不用再找啦，你們幫忙套牲口，帶上槍枝，跟我們一道兒上路。」

小曾正待問什麼，小李拉了他一把說：

「你怎麼這樣沒眼色?!咱們照著吩咐去辦罷。」

黑天黑地的一路急奔，總算在起更時奔出四十多里地，來到路家灘路表舅家，夏小老爺也不諱言，他這一回是帶著孩子避難來的，路表舅說：

「攝物惡鬼的事，我在做孩子的時刻，也曾聽老一輩人講說過，劉老爹肚裡有本山海經，他既算出來，你們加意提防是對的，好在我這兒房舍寬，莊裡有十多條後膛洋槍，真有惡鬼找的來，咱們就拿槍火轟掉它。」

饒是主人熱心待客，為他們作了妥善的安頓，但夏小老爺夫妻倆，仍如驚弓的鳥雀，心裡惶惶不安，通宵沒曾闔眼，有一絲風吹草動，都疑為惡鬼找的來了。這樣擾攘了三四天，才算慢慢安定下來。

住到七月底，路家灘又有怪事發生了，路家有個流浪漢馮二，替人打短工過日子，那天幫人打高粱葉子，晌午心，吃飽了飯，躺在樹底下打瞌睡，恍惚之間，右腳的鞋子不見了，再怎麼找也找不著，和他一道兒做工的，都萬分詫異，因為夏家小萬金兒逃避攝物鬼的事，早已遍傳遠近，有人以為是不是那惡鬼找的來了。

「惡鬼找到我，算它找錯人了！」馮二毫不介意的說：「我沒家沒眷，沒丁沒口，單身打浪蕩，有啥好怕的，它真來找我，我就和它拚上了。」

「我說馮二，你也甭在這兒賣狠，」路家的族人勸他說：「你以人力鬥那惡鬼，沒有便宜好佔，還是忍口氣，到遠處避禍去罷。」

「嗨，攝物鬼也只是傳言，未必是真，你們有誰見著來，不要因著劉老貢生一番話，把大夥全嚇掉了魂，」馮二說：「我不敢自誇膽大，至少我不太信邪。」

「算你不信邪，」路大叔說：「那我問你，你右腳上的鞋子呢？怎會平白無故的不見了？既然有這等怪事，可見劉老貢生的話也不是瞎講的，萬一出事，你又能怎麼辦?!」

馮二認真想想，倒也不是沒道理。路大叔又說：

「馮二，就算你不走，也要謹慎提防，我把一支長矛、一柄銃槍借給你，你睡覺時，就把它放在床上，臨到緊要關頭，也許用得上的。」

「多謝大叔，」馮二說：「我會照您的話做的。」

馮二丟鞋的事，很快就傳遍路家灘，莊裡莊外，莊丁們輪流守值，敲更巡邏，有著一股如臨大敵的氣勢，住在內宅的夏小老爺夫妻，更把萬金兒嚴嚴護守著，整夜都不敢闔眼。

馮二睡在路家背後的一排工屋裡，他把長矛和銃槍都放在身邊，閉上眼假寐，但兩耳仍聽著屋外的動靜。三更左右，四邊死寂無聲，越發顯得恐怖；忽然間，牆外的風聲隆隆大起，馮二覺得這並不是尋常的風，同時，他彷彿又嗅著了一股腥臭的味道，他心裡想：我早把門戶閂牢了，還加了一道門槓子，窗戶也用木板加鐵釘釘妥啦，就算真有什麼鬼物，一時也難進屋來呀。

正想到寬慰處，單聽砰的一聲，門戶自動打開了，一個怪物把腦袋伸了進來，它一頭焦紅的長髮披散著，渾身灰敗泛白，兩隻眼沒有眼珠，只是兩個深窪窪的黑洞，一張嘴巴寬到耳邊，牙齒朝唇外撩捲，奇形可怖到極點，它多毛的指爪間，正抓著自己亡失的那隻鞋子。

「是了，就是這個鬼東西！」

沒時間讓他多作計較，他挺起長矛，對直猛刺過去，刺中了那鬼物的肩窩，鬼物伸出鉤爪，緊緊捉住矛桿，馮二發力朝回拔，一點也拔不動，兩個極力爭奪之際，鬼物低低的吼了一聲，用另一隻胳膊橫切矛桿正中，喀嚓一聲響，矛桿斷成了兩截，那鬼物朝床前奔躍過來，揮爪就來抓攫馮二，馮二抓起火銃抵住它的胸口，咬著牙壓下機鈕，轟的一聲，火藥噴沙和鐵蓮子齊發，打爛了那鬼物的胸膛，五臟六腑都拖掛出來了。

那鬼物顯然受不住這種巨創，灑出一灘黑血，轉臉朝外狂奔，馮二端著銃槍追至戶外，大聲喊叫說：「大夥兒聽著，都來捉鬼啊！」

一霎時，馮二看見莊門大開，火把飄搖，那些莊丁們早就埋伏妥當，準備圍擊的了，說來全是路大叔有主見，他認定鬼物必來，恐怕馮二獨力難支，就事先招喝了莊丁，人人執械，靜伏在工屋附近，大夥兒聽到銃響，知道有變，沒等馮二發聲叫喚，都已經從兩邊奔湧過來接應啦。

不過，那鬼物疾若飄風，一路灑著黑色血點兒，業已逃至幾十步開外，有兩個莊丁用後膛洋槍，連著射中了它三四槍，鬼物每中一槍，身子便猛的顛躓一下，顯出歪歪倒倒的樣子，但它始終沒倒下去，仍然奔到莊外去了。

「咱們人多勢眾，追出去再說。」路大叔說：「那鬼東西受傷很重，跑不了多遠的。」

火把在黑地裡飄搖，大夥兒吼叫著奔逐那負創的鬼物，跑在前面的，不斷的補它一槍又一槍，打得那鬼物嗚嗚的哀嚎，追到灘西黑松林，那鬼物竄進去，轉眼便失去蹤跡了。大夥兒找了好一陣，根本找不著它，只好先轉回莊裡去。

第二天，全莊都集議著如何剷除鬼物的事，莊主路大爺說：

「這鬼東西重傷後，定跑不遠，想必仍然躲在那片黑松林裡，也許遁到地底下去了，這惡鬼不除滅，必有後患，咱們帶著鐵鍬鐵鏟，找可疑的地方挖，挖到它，把它用烈火焚燒掉，才會心安呢。」

「莊主說的是，殭屍不經化骨揚灰，早晚會再作怪的。」路大叔也說：「昨夜它雖中了許多槍，並沒真的滅跡，經過修煉，它早晚會再出來害人。」

整個路家灘的人，在黑松林子裡四處尋找，挖遍可疑的地方，並沒找到古墓洞穴，也沒見著那鬼物的遺骸，後來，劉老貢生跑來接女兒女婿，路大爺款待他，對他說起鬼物失蹤的事，劉老貢生說：

「攝物鬼真正說起來，不能說它是鬼，另有妖物藉作人屍成形，修煉它的妖法，一旦屍體被子彈洞穿，真氣走散掉了，妖物本身也就受了重創，就算它不死，重新修煉，也許還要幾十年或是幾百年，不是我們這幾代人能看得見的了，您不妨轉告全莊，要他們安心。」

「這種鬼物很少聽說過，」路大爺說：「認真想來，它也夠笨的，想害人，它隨時可以害，爲啥要先偷人家的衣物，讓人先有個防備，結果就害了它自己啦。」

「它使用的是一種妖法。」劉老貢生說：「也許它要藉著衣裳鞋襪的氣味，認準它要找的人，馮二不是看到它有眼無珠嗎，那就表示它是看不見的。也許它必得先攝了對方的衣物做憑證，才能施展妖法，使得門斷鎖落，它才可以登堂入室。無論如何，這一回它並沒佔到便宜，也許死掉化成蹔物，再也不能害人啦。」

鬼物雖沒害到人，但馮二自那夜打鬼之後，渾身軟塌塌的，害了一場大病，倒是小萬金兒福大命大，躲鬼這兩個月，他長得胖嘟嘟的，至少長了斤把肉，如今，夏小老爺不再擔心鬼物，卻擔心土匪抬財神綁肉票了。

骨骼鬼

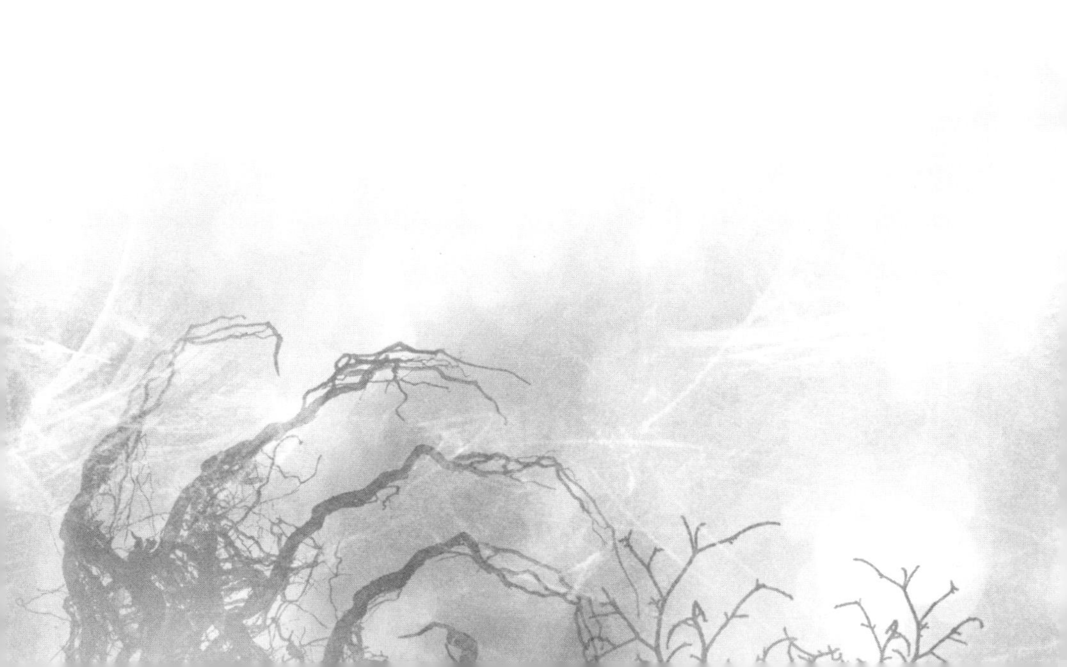

劉縣令坐在後衙的書齋裡，借著燭光，翻閱著一冊新修訂的臨川縣誌，當地的仕紳央懇他寫一篇重修付梓的序文，他逐章翻閱，因他接篆不久，對他所治理的這個縣分的疆界、沿革、民情、風尚，也該多些認識。

臨川是古代的撫州府治，算是贛中的大縣，前幾任縣令，也都是兩榜出身，它東面的鄰縣貴溪，是舉國皆知的地方，只因道教的總壇，就設在它轄內的龍虎山上，他和那兒的郜法官在京師相識，那時他尚沒分發任職，郜法官替他看相，就曾預言說：

「進士公，我看你日後會去江西，和我們太上清宮的道士爲鄰，不單如此，你還會夜上龍虎山，拜求天師替你解困呢。」

「法官，我知道您道法高深，但料及未來的事，真會有這麼準麼？」他困惑的問過。

郜法官哈哈大笑，說是：準不準，日後自知。

過不久，他真的接篆臨川，攜眷上任了，他不得不景服郜法官的道法神奇，算人休咎，分毫不爽，但這也只印證了前一半，他想不透，本身還會有怎樣的危困，要夜上龍虎山，拜求天師幫忙的？若是有，怕也是爲縣民呼風祈雨，設壇建醮，禱天乞福啦。

初更的梆子聲，沿著縣署後牆響了過去，劉縣令仍然沒有倦意，夫人親自爲他端來宵夜，勸他早些安歇。劉縣令深深感慨說：

「我的身世，妳是明白的，先嚴故去，轉眼將近卅年，我中舉那年，慈母又撒手塵裏，每想起雙親在日對我的期許，我就覺有千觔重擔壓在肩上，如今我初歷臨川，正該多做些爲民興利的事，才是孝親報國之道啊。」

「老爺的心意，妾身知道。」劉夫人說：「你先用些點心，熬夜最遲莫過二更，明兒一早，衙署裡還有一大堆的公事等你料理呢。」

二天一早，劉縣令到衙署去，和文案師爺費先生商議事情，廳外的苦楝樹上，兩隻黑烏鴉銜著人哇哇的亂嘈叫，費師爺皺皺眉，咕噥說：

「呸，臭鳥蟲，大清早的，嚎叫個什麼勁兒！」

他揮叫門房，用長竹竿把牠們攆開。

正在這時候，一個衙役急急匆匆的跑來，對劉縣令叩頭稟告說：

「老爺，令尊翁從家鄉來探望您，他老人家搭的船，正靠在汝水河岸的碼頭邊，托人帶話，說是請您備轎去接他呢。」

「笑話，哪有這等事?!」劉縣令又驚詫又氣惱：「家父早已亡故多年啦，怎麼好端端的來這兒呢？」

「你敢情是暈了腦袋了？」費師爺罵說：「在老爺面前亂說話，小心捱一頓板子。」

「啊，小的不敢，」那衙役惶恐的叩告說：「小的只是替人傳話，那個船家，如今還在衙門口呢。」

「真是怪事！怪得太離譜了。」劉縣令搓著手：「誰有那麼大的膽子，敢冒充家父呢。」

「我出去看看去。」費師爺說：「看那報信的船家還在不在，聽聽他是怎麼說。」

費師爺還沒動身，一頂竹轎業已抬進院子來啦，抬轎的嚷說：

「劉老爺，老大人想見您心切，自雇小轎進衙來了，老大人，您下轎罷。」

劉縣令站在階臺上，瞪瞪的瞧著，轎簾兒一掀，一位穿著老藍布長袍的老人下轎了，劉縣令仔細一看，不禁驚異萬分，天下哪會有這等事？一個死去將近卅年的人，居然活回來了，他穿著那領老藍布的長袍，正是當年他所穿的，他的容貌舉止，一如當年，劉縣令逼不得已降階相迎，叫了聲：爹。那老人一把拉住他，鼻涕眼淚一起出籠，兩人進了內堂，劉縣令才問起他心裡疑惑的事來。

「您老人家不是過世了嗎？怎會到這兒來的呢？」

「嗨，說來話長了，」老人說：「當年我是假死，我從呂真人那兒修得長生術，藉著假死遁離家門，在四明山修真養性廿多年，如今修成了仙道，本來想白日飛昇，但心裡一直記掛著你，這次找到這兒，跟你聚首，了一了塵緣，你該明白了罷。」

「孩兒明白了。」劉縣令說。

「你如今爲民父母，公事一定很繁忙。」老人說：「我也不打算多麻煩你，你在後衙替我準備一間靜室，讓我暫作安頓，飲食隨分，簡單就好，等塵緣盡了，我自己會走，再沒旁的所求了。」

「啊，」劉縣令笑了笑說：「這容易，孩兒這就著人去準備，讓您早些梳洗安歇。」

「和你相聚，原本是喜事。」老人沉吟有頃說：「想起當年我離家時，你母親還活著，如今我見子不見妻，心裡真是難受。」說著，老淚又奪眶而出。

劉縣令雖懷抱疑團，悄悄的觀言察色，但一時之間，仍然真僞難辨，他一面召喚妻子兒女出來羅拜，一面把老人送去靜室安頓，私底下，他偷偷吩咐衙役，立即到汝水河岸那艘船上去，向舟子問個究竟。

不久，衙役回來密稟說：「據船家講，這位老太爺，並不是在吳中雇船來的，他老人家是在中途富春江上搭便船來的，其餘的事，他們一概不知。」

劉縣令雖覺這事突兀、荒謬、很難相信，但也無可如何，只好把老人亟力奉養著，只要有空，早早晚晚都過去請安探望。

老人雖說年事已高，但他耳聰目明，談到當年在家鄉的事，一情一境都記得清清楚楚，言談並沒錯失，非但如此，他還握筆寫字，所寫的字跡，和過去的字跡也完全符合。到這當口，飽讀經史的劉縣令竟也疑慮漸消，認爲這個父親不會是假的了。

但在縣衙裡，以費師爺爲首的同仁，都認爲事情太無理，縣令是當局者迷，硬把妖魅當成父親供奉在內衙，早晚必會鬧出事端來的。於是他們請和尚來誦經，請巫師來行法，希望逼出妖魔的底細來，但住在靜室裡的老人視若無睹，根本沒有驚惶的樣子。

費師爺也藉故去拜望過，老人家閉著眼，趺坐在床榻上，可說很少出屋。他偶爾下來翻翻書，寫寫字，有時也摸摸牙牌消遣，對官署的事，絕口不曾過問，費師爺仔細觀察，也找不出任何的破綻來。

這樣過了七八個月，合署上下也都習慣了，就算有些人心裡也在懷疑，沒憑沒據的，也不方便明說。

一天夜晚，老太爺和劉縣令在靜室裡話家常，老人忽然嘆氣說：

「我到這兒業已不少日子了，雖說衙署裡有些人覺得奇怪，你應該信得過我，如今有宗事，我不得不跟你提，你一定得爲我辦到才好。」

「爹，您有事就吩咐好了。」劉縣令說：「只要我能辦到，一定爲您辦就是。」

「嗯，我知道你很孝順，不枉我來這一趟。」老人說：「你娘辭世這麼久了，我鰥居寂寞，我這兩條老腿，又鬧風寒症，眼看天氣轉冷了，你得幫我買個丫頭，夜來晚上，幫我暖暖腳。」

「這好辦，」劉縣令說：「您兒媳身邊就有婢女，著她過來侍候您如何？」

「沒那麼簡單。」老人說：「我要你挑選的人，要肥，要白，通身沒毛病，年紀要在十四歲之內，家裡沒有兄弟姐妹的獨生女，否則就不合用了。」

「啊，這怕一時不易挑得到呢，」劉縣令說：「我這就央托人去物色好了。」

辭出靜室，劉縣令又禁不住的狐疑起來：老人原先說他是修仙學道的，一個修行的人，要少女陪侍他，似乎有些不倫不類，他回到書齋，著人把費師爺找來，把這事對費師爺說了。費師爺聽了，大搖其頭說：

「老爺，這事實在蹊蹺得很，哪有修仙的人不安獨宿的？聽他口氣，分明是要安爐立鼎，重在採補嘛！依常理推斷，他準是個極厲害的妖孽，幻成老太爺的形象，來這兒害人的。」

「你說這話，不無道理，」劉縣令說：「我雖然答應去物色少女，但不妨暫時拖延，再想周全的法子。」

「妖物禍人女子，也許會增長他的妖術。」費師爺說：「您先拖延著，看他有怎樣的反應，再作計較。」

「有些疑點，我始終弄不明白，」劉縣令說：「假如他真是妖物，來這兒好幾個月了，他怎麼足不出戶，又沒害人呢？就算他是妖物，能摹仿家父的聲音舉止，怎麼連字跡都絲毫無誤呢？這些，我非逐一查明不可。」

但兩人商議妥當的拖延之計，事實上並不順當，第二天一早，劉縣令去靜室問安，老人又舊話重提，諄諄的催促提醒，一面喊著腿痛，要劉縣令務必及早把事辦妥。

從那天起，老人三天兩頭的催促，劉縣令只能哄他說：

「您老人家不用急，孩兒業已差出好些人，四出打聽去了，實在說，平常人家有口飯吃，誰願賣出女兒為奴作婢，這需得願打願捱才行。」

這樣拖延十來天，老人不耐煩了，勃然作色說：

「孩子，你沒想想，當年我是怎麼巴望你的？這好，你兩榜題名，做了官了，區區小事，都推三阻四的不替我辦妥，你真是忘了根本啦。」

「爹，您千萬別動氣，」劉縣令惶恐的說：「我這就親自去督促著辦，一定在短期內辦妥就是了。」

他辭出來急召費師爺密商，費師爺說：

「看光景，事情很危急了，如果再遷延下去，他必定會為殃作祟，我看，這非得您親自去一趟龍虎山，叩問天師，只有天師才有大法力解厄啦。」

「這兒離龍虎山將近百里，來回怕得兩三天罷。」

「要是騎快馬上路，一天足可走來回了。」費師爺說：「您不妨哄他，就說女子已在鄰縣物色到了，您要親自去看看，立即備馬上山，問問端倪。」

劉縣令認為這法子很妥切，就進屋哄老人，說是女子業已在鄰縣物色妥當，自己要親自去看看，儘快把她接過來。老人一聽，兩眼笑成一條縫，不住點頭說好。

劉縣令哪敢怠慢，備妥快馬，帶了隨從衙役，直奔龍虎山的太上清宮求見天師，把這事的來龍去脈，都仔細的說了。天師笑說：

「劉大人，臨川城隍業已向我告稟過，他說這確是厲害的鬼物，但他查不清這鬼物的根底，他既不是鬼，又不是狐，若沒大法力，極難制伏他的，等我把法官召的來，看他們有什麼好辦法。」

天師召來五六位法官，把話說了，其中主持天罡總壇的崔老法官說：

「照劉大人的說法，這個怪物不是空談就能剷除的，貧道願意跟劉大人一道回臨川縣署去，等貧道見過他之後，自有解釋。」

「老法官肯鼎力協助除妖，那再好沒有了，」劉縣令寬慰的說：「這許多日子，我不得不管那妖物叫爹，心裡實在難受極了。」

「劉大人，您乘馬先走，」崔老法官說：「我用縮地法跟著你，到了衙署之後，你不妨進入那老怪物的靜室，拿話哄著他，我不露面，但會在暗地裡看著，到時候，再定捉拏他的法子。」

劉縣令催馬急奔，趕回縣衙，崔老法官也到了。

那天夜晚，他去靜室向老人問安，哄著他說：

「爹，您要的婢女，我已親自看過了，明兒晌午過後就會送到，孩兒吩咐人來佈置這屋子，衙署裡的同仁也擺了一桌酒，明兒晌午請您在二堂用酒，等著人來。」

「哈哈，好啊，好啊，」老人顯出很開心的樣子：「明兒我一定赴席就是了。」

劉縣令辭出後，轉往書齋，會見了崔老法官，向對方請教。崔老法官說：

「這個妖物，貧道已在暗中看過了，他不是別的，確是令尊的遺骨，也許令尊的墓年久失修，有了狐鼠打的洞穴，狐狸把一塊遺骨啣在嘴裡拜月華，久而久之，那塊遺骨被妖鬼所憑，變幻成令尊的形貌，當年我在京裡，聽說陝西的一個縣署裡，李縣令也遇上過。」

「他既是妖物，怎麼在這兒住了好幾個月，還沒出來害人的呢？」

「劉大人，你有所不知，你這衙署正廳的地下，有半塊石頭，那是早年本教祖師許真君的磨劍石，雖只是半塊，也能鎮邪，因此這妖物不敢外出爲殃，否則他深夜化成惡魔，四出吸人精髓，你這衙署上下人等，怕早就沒命了。這妖物逼你找肥白的少女，是要取紅鉛助長他的魔法，幸好你提早識破，及時上山拜見天師，若等少女進門，他的妖力大增，只怕貧道也降不住他啦。」

崔老法官這番話，把劉縣令臉全嚇白了，急忙向老法官求計，老法官說：

「你明天午前，請他前堂赴宴，酒裡面，先放進九粒丹砂，我這丹砂力能破他的妖法，你不妨勸他多喝些酒，你再找一個屬牛的童男子來，在酒席一邊侍候，我會把五雷符畫在他的手掌心，要他看妖物驚惶站起時，放掌發雷，這時，我會從背後捉拏他，若照我的話佈置，我估量他是逃不掉的。」

二天近午，劉縣令佈置妥當後，夥同費師爺到靜室去央請老人到前廳赴宴，把摻了丹砂的酒，勸他多飲，那老人原是興高采烈，舉起酒，連著乾了三杯，忽地皺起眉頭，不斷咂著嘴唇，口裡唸叨說：「不對，這酒怎麼有怪味？」

說著，他突然一臉驚慌，扶著桌子站了起來，對著滿桌的人吐氣，但他嘴裡面的毒氣，被丹砂消解得差不多了，並不能傷人，這時候，站在桌邊的童子雙掌齊放，轟的一聲雷響，那妖物鬚眉飛張，模樣變得猙獰可怖，退後一步，合掌捏訣，急想用遁法逃走。

崔老法官毫不含糊，及時飛步而前，一把揪住他的辮髮，另一隻手從袖中取出一柄銅尺，從老人的頂心，沿著他的背脊朝下量，說也怪，一個還算高挑的人，被銅尺越量越縮，越量越縮，噹啷一聲，老人不見了，地上多了一小塊白色的枯骨。

崔老法官彎腰撿起它，放在桌面上，對劉縣令和衙署的人說：「這塊遺骨，看來是一節指骨，修煉久了，瑩白發亮，這無異是劉大人尊翁的遺骨啦。」

「多謝老法官除掉了妖物。」劉縣令拱揖說：「家父這塊遺骨，是否可交由我去安葬呢？」

「不成。」老法官說：「你得生起烈火，把它燒化掉，用骨灰落葬才會安穩無事，若不燒化，邪物還會附著它重新作祟的。」

老法官說的沒錯，劉縣令著人架起乾柴，燒起烈火，把那塊指骨丟進去，燒了半個時辰，那塊骨頭越燒反而越亮，根本不化灰。老法官指著那骨頭笑說：

「妖孽，到這時辰，你還頑抗，看貧道用三昧真火燒你！」

說著，他唸唸有詞，使手朝那白骨一指，忽然間，白光一閃，煙氣上騰，一霎間，白骨便成了一撮灰燼了。老法官對劉縣令說：

「這撮灰，你可以盛進磁瓶拿去葬了！無量壽佛，妖物已死，骨灰總是尊翁的啊。」

獨腳鬼

趙五打紹興府來到這近山的小鎮上，並且把「趙記鐵匠舖」這塊招牌張掛起來，全靠他妻弟姚三信的協力。他原是河南彰德府的人氏，自幼在鐵匠舖做學徒，出師之後，逢上北方亂局，他存身不易，乾脆投軍吃糧，幾經輾轉，被調防到浙江來，跟著戚繼光將軍防剿倭寇。

幾年裡，大大小小經過十多次捨死忘生的激戰，圍殲了亡命的倭寇數千人，但這個出生河南的黑大漢，肩背上，肚皮上，也捱了多處刀傷，論年紀，他還能留營，但腹部的刀傷，使他再難爲國奔忙，效命疆場了。

戚將軍一向關愛部屬，報請朝廷，論功行賞，給了他一筆除役的賞金，他就以平民的身分留在紹興府，找家鐵舖，幫人打鐵爲活；當時正規軍使用的兵器，都由官局打造，而民團村勇的自衛兵器，則以民間鐵匠舖爲主。

倭寇屢次犯邊被殲，暫時不再揚帆出掠，鐵舖的生意，也就逐漸的冷落蕭條下來；這當口，趙五結識了山區來的少女姚鳳英，互論嫁娶，他用賞金爲聘，娶了姚姓少女，成婚不久，就誕下一男，他慨嘆說：

「中原來的漢子，沒想到流寓吳越，成了浙江人的女婿，離老家迢迢千里，路遠山遙的，暫時是回不去啦。」

「浙地是魚米之鄉，」他的老夥伴們對他說：「北地來的人，在這兒流寓安家的，多得很，咱們日後脫掉號衣之後，照樣會在當地物色個老婆，定居下來呢。」

軍中這些同夥，相當講義氣，大夥兒湊筆錢交給趙五，要他找地方開爿鐵匠舖，打造一些日常用具和農具，既有一技在身，養家活口總沒問題。

「這……這怎麼成呢？」趙五爲難的說：「諸位出生入死，才拿那麼點微薄的月俸，還要湊給我，我怎麼好收？心裡著實不安吶。」

「你也甭客套了，開鐵舖，生財用具處處都得用錢，人生地不熟，咱們不幫襯，還有誰幫襯，」他的上官老把總說：「再說，你是開路的，你日後混發跡了，咱們脫掉號衣下來混，你何嘗不是咱們的靠山呢？」

老把總說的話，句句入理，趙五不得不把錢給收下了，接著就是商議著怎樣開鐵舖啦。有人以爲，府城裡，大型的鐵舖有好多家，新開張的鐵舖，未必能有固定的生意，莫如把鐵舖開到偏僻的小集鎮上去，以打製農具爲主，只要田地不廢耕，不怕沒有生意做的。

鳳英的弟弟姚三信，亟力慫恿姐夫下鄉，姚家在山裡小鎮居住多少世代了，對農戶都極熟稔，趙五想想，居近岳家，方便多多，也就點頭答允下來啦。

進山之後，他開起了鐵舖，生意果然不惡，山區有些耕作的貧戶沒錢買農具，趙五准他們賒欠，等收成後用糧食折還，大家都覺得這樣方便，個個都盛誇趙師傅是個大好人。

對趙五而言，他原不想斂聚錢財，富貴發達，他和鳳英兩個姻緣美滿，只消憑力氣混口安穩飯吃，也就心滿意足，別無他求了。

姚三信是個勤苦耕作的年輕農戶，農閒時，便到鐵舖裡盤桓，跟著姐夫學打鐵的手藝。郎舅倆處得親密，談得投契，夜來晚上，趙五經常切些滷味，弄壺小酒，和三信對酌，聊天的話題很廣，但總以山裡的事情爲主。

有一天，聊起鬼狐靈異的事來，趙五說：

「咱們那兒鬧狐的人家很多，怎麼在江南卻很少聽人說起過。」

「北地鬧狐，南方鬧五通神，不過，近些年來，狐也過了大江，偶爾有些傳聞了。」姚三信說：「在我們這一帶的山區裡，鬧的邪門玩意，那可多著呢。」

「人說，入境問俗。」趙五說：「你在這兒長大的，不妨把你的聽聞講些給我聽，日後遇上什麼事，我也好應對，不至於驚怪啊。」

「山裡有一種野獸，叫做貘的，牠生有長長的頭，嘴是四方形，四隻腳，牠最喜歡吃銅和鐵，遇上犁、鋤、鐵鍬、釘耙之類的農具，就饞得直流口水，」姚三信說：「有一回，幾隻貘餓慌了，竟在夜晚跑到縣城去，把城門木板上嵌的鐵釘，包的鐵皮都啃光了，有一天，牠們也會摸到你這鐵舖裡來的。說來也怪，他們吃銅吃鐵，入口就化，好像我們吃豆腐一樣呢。」

「在北方，咱們可沒聽過這種野獸，」趙五說：「前幾年，我聽人講，山裡有山魈，也是一種鬼物，是不是就是貘呢？」

「啊，山魈跟貘差遠了。」姚三信說：「魈是一種山精，樣子像花臉的猴子，脖頸間生著一圈綠毛，兩眼灼灼的閃著綠光，笑起來，嘴角連到兩邊的耳朵根，露出兩排彎彎的白牙，最怪的是牠只有一條腿，一隻腳，牠的腳又朝後倒著長，走起路來，全用跳的，但牠能左跳右跳，前跳後跳，靈活得很，深山裡的住戶常會碰到牠。」

「呵，聽起來倒滿好玩的。」趙五說。

「其實一點也不好玩，」姚三信說：「鄉下人都很怕牠，把牠叫做獨腳鬼，牠的力氣很大，生起氣來，亂踏人家的莊稼，更會拔樹毀屋，讓你住不下去，就算大家合力圍捕牠，用刀砍，銃轟，都打牠不死，所以，人們才把牠看成鬼物。」

「山魈我早就聽人說過，」趙五說：「但都沒有你說得這麼活靈活現，這兒有人見過山魈嗎？」

「有啊，」姚三信說：「鎮頭塾館裡，孫鏡湖老先生就親眼看見過，他在這裡團館教書幾十年了，見著奇怪的事情可多著哪。」

趙五是豪爽的北方漢子，天生不信邪的性子，愈聽說稀奇古怪的事兒，他偏就要朝裡面鑽。他打聽出孫老塾師在學生散館後，經常到鎮上一家酒舖去喝酒，他便也趕過去，叫兩碟小菜，喝上幾盅湊個熱鬧，不久之後，他就和老塾師熟悉起來。

「老先生不嫌棄我這個粗人，我真太高興了，」趙五說：「早先我在戚將軍麾下當兵吃糧，打倭鬼受了傷，退下來重拾老本行，下鄉來開爿鐵匠舖子，如今是個打鐵匠，肚皮裡沒有幾滴墨水的。」

「老趙，你快別這麼說，」孫老塾師說：「能捨家爲國，拚命打那些侵擾海疆的倭鬼，可都是英雄好漢啦，不像老朽，空裝了滿肚皮的經書，臨到亂局，一絲一毫全用不上呢。」

「前些時，我那小舅爺姚三信，跟我講到這山裡的妖魔鬼怪，」趙五說：「他特別提起，說您親眼看見過山魈的，是嗎？」

「嘿，我豈止看過，還曾捉住過牠呢，」孫老塾師嘆口氣說：「不過，當時我不懂剋制牠的法子，還是讓牠給逃脫了。」

孫老塾師也是北地人，生性爽直，三杯酒下肚，話匣子一打開就源源不絕了。他說起前年的中秋夜晚，一群塾童想到老師沒家沒眷的一個人，怪孤單的，就召聚了七八個人，帶了酒菜和月餅，到塾裡來陪老師一道兒過節；那天夜晚，滿天清朗無雲，月色異常朗亮，他們一面飲酒談笑，忽然有塊大石頭扔在桌上，把杯盤碗盞都砸得亂飛。

大夥兒楞住了，有人朝外一指，眾人轉臉看過去，只見門外有個怪物，頭上戴著一頂怪帽子，臉上五色斑爛像個猴子，頸子下面，生了一圈綠毛，下身只有一隻獨腳，牠看見大夥在喝酒談笑，也仰天大笑著跑走了，大家都認出那是俗稱「獨腳鬼」的山魈，沒人敢出去追牠。

「我們都沒敢去追，那山魈卻跑進塾館的灶房裡去了。」孫老塾師說：「灶房裡有個廚房李二麻子，那天他也喝多了酒，醉裡馬虎的躺在床上睡覺，那山魈掀開他的帳子，又呵呵的大笑，李二麻子驚醒了，順手抄起一支木棍和牠格鬥起來，山魈空手和他纏鬥，李二麻子身子強壯，又有膽量，一把抱住山魈的腰，兩個都滾在地上，我們聽到李二麻子的吆喝聲，就紛紛找些趁手的傢伙，打起燈籠趕了過去，一起幫助廚師擊打山魈，有人用刀砍牠，砍不進牠的身體，但一頓亂棒猛擊，把牠越打越縮，最後縮成一個肉團子，李二麻子起身找麻繩把那妖物捆在廊柱上，打算天亮後處置牠，有人說：要用火燒，有人說：把牠給扔下河淹死算了。大夥散了回去睡覺，我睡到雞叫，聽見轟的一聲響，急忙跑出去看，怪物不見啦，繩子一截一截的斷在地上，牠留下的一頂帽子，原來是不知打哪兒偷來的婦道人家的內褲。」

「照您這麼說，山魈不但是獨腳鬼，還是個淘氣鬼囉。」趙五說：「牠要比傳說裡的奪命冤魂好得多了。」

「那也不一定，」孫老塾師說：「在深山裡面，山魈的為害，要比野豬和猴子更烈，牠毀人居屋和莊稼快得很，山裡的農戶可是又恨又怕。」

「像這種獨腳鬼，究竟有沒有法子對付牠呢？」趙五問說。

「有啊，」孫老塾師說：「依照民間的傳說，山魈最怕桑木刻成的桑刀，用桑刀砍牠，牠一定會死；你要是到深山裡去，你會看到許多人家的大門前面，都掛著一柄桑木刻成的刀，那就是專防山魈用的。」

和孫老塾師交往久了，趙五對這南方的山地中的怪事，也就聽得更多了。他知道北方人趕夜路，常常遇上綠瑩瑩的鬼火，像一窩奶豬似的跟著人跑。但南方的路上，常有一種泥丸，乍看沒有什麼特別，只要你伸腳踢著它，它就會升到半空中，叭的一聲爆裂開來，變成一團紫色的火焰，呵呵呵的衝著你大笑，你回去之後，會立刻發高燒，病倒在床，人們把那泥丸叫做鬼彈子，碰到它，準會寒熱大作的。

孫老塾師也說起山裡有白骨精，也就是白骨骷髏，會在滿月的深夜，站立起來行走，每走一步，全身的骨節都會格格作響，它就算不害人，也嚇死過不少膽小的人。最厲害的倒不是白骨精，而是在荒路邊開野店的鬼婆婆，她笑臉迎人的招呼客人進她的野店，裝煙給你吸，奉茶給你喝，而你一點也不知她是鬼物，一旦吸了她的煙，喝了她的茶，你就昏迷不省，永遠走不出她的門了。

對於這些傳言，趙五聽了，也都將信將疑，回家當做笑話，講給他的妻子鳳英聽。

「沒想到妳的家鄉，傳聞怪事竟有這麼多，」他呵呵的笑著說：「怨不得咱們北方人都笑你們浙江人膽子小，原來全是被這些傳聞嚇小了的。」

「你以爲這些只是傳聞，那就錯了，」鳳英說：「你在這裡多住上幾年，這些事情，包管你都會遇得著的，我倒要看看，你這北方出生的人，膽子有多麼大呢。」

夫妻間的玩笑話，趙五可沒擱在心上。那年的秋後，鐵鋪的生意特別興旺，害得他和三信兩個人，整天起早睡晚的忙著打鐵，製成的各式農具仍然不夠賣的。

爲了免掉清早重新生火的麻煩，每晚臨睡前，趙五照例添兩罐子碎炭壓在爐火上面，關掉風口，讓餘火悶著，這樣，明天大早，只要添上炭塊，拉動風箱，炭火便會很快的旺燃起來。

忽然在一天清晨，他起來拉風箱時，發現炭火都叫扔在爐外的地上，使他不得不大費工夫重新生火燃炭，他很納罕的對姚三信說：

「是誰在存心整人的呢？我臨睡前檢查過，前後門窗都關嚴了的，沒有人會偷著進屋來啊？」

「姐夫，也許你昨晚多喝了幾盅酒，一時記岔了，」姚三信說：「今晚你少喝酒，我再幫你留意著，我不信誰會開這種無聊的玩笑，沒什麼意思嘛。」

姚三信幫著做姐夫的加意照應門戶，睡到第二天，起來一看，仍然是遍地炭渣子，而爐裡的餘火，早已熄滅了。

「姐夫你瞧，前後門窗都關嚴了，並沒有動過，人是不會闖進屋來搗亂的。」姚三信說：「這真是遇上不尋常的怪事了。」

「難道真的是山魈在搗鬼嗎？」趙五說。

「山魈的耳朵極靈，誰在背地裡發狠罵牠，牠在很遠的地方都會聽見。」姚三信說：「你想想吧，你是否在孫老塾師面前，講過什麼得罪山魈的話了，如今，牠可衝著你搗蛋來啦。」

「哼，獨腳鬼若真是敢來搗蛋，我不會輕易放過牠的。」趙五說：「今夜，我打算通宵不睡，躲在門背後等著，我倒要瞧瞧，究竟是什麼東西來作怪的。」

雖說這是江南，到了寒冬季節，山區倒也夠冷的，趙五穿著厚棉襖，手裡抓著一柄鋒利的鋼斧，匿身在門背後，不聲不吭的守候著。

天過三更，他聽到一種篤篤、篤篤的怪聲音，沒錯，那是一隻腳在石路上跳躍的聲音，候不多久，有東西從屋頂的煙囪裡滑了下來啦。

他在熒熒的小油盞的光暈下舉眼望過去，不錯，那正是山魈，牠約莫只有三尺來高，滿臉斑斕，樣子奇醜無比，下面生著一條腿，相當的粗壯，腿上生著漆刷也似的黑毛，少說五寸長，腳趾朝背後生長著，牠頭上戴著一頂瓜皮小帽，也不知打哪兒偷盜來的，人說：沐猴而冠，牠戴著人的帽子，看上去真有些不倫不類。

牠似乎對炭火很好奇，一面笑，一面取炭亂擲，把鐵舖弄得亂七八糟。

「好個鬼物，看你朝哪裡跑?!」趙五舞動一根鐵棒，直撞過去，掄棒就打，那山魈非常機伶，瞧見有人旋風般的撞出來，牠便一頭頂開木窗，一跳出去就不見了。

趙五無可奈何，只好嚥了口怨氣，耐心的收拾殘局，重新打掃滿地炭粒，生起爐火，一面盤算著，要是這怪物再來搗亂，用什麼方法捉住牠？

鐵舖裡鬧山魈的事，驚動了附近街坊，其中有個老年人說：

「若想讓山魈不來，那倒簡單，只要我們砍棵大桑樹，做些桑刀懸掛在門上，牠就不敢再來了。若想活捉牠，就得費些手腳，古代相傳，山魈極怕爆竹，你不妨買些單響的大爆竹塞在懷裡，點著了線香，等牠入宅搗亂時，點燃了朝牠身上扔，等牠一慌亂，就著人用麻繩纏繞牠，纏倒牠之後，給牠一頓好打，看牠還有什麼能耐。」

「嘿，這倒是個極好的主意。」趙五說：「我這就回去試試看。」

他回鋪後，和姚三信商議，召聚鎮上幾個年輕的漢子，輪流在鐵鋪裡守夜，每人身上都帶有香火和單響的大爆竹，另外準備了扁擔、木棒、繩索和獵獸的大罟。依趙五的估計，上回山魈潛進鐵鋪玩火炭，並沒受到教訓，以牠頑皮的性子，牠還會再來的。

果不其然，他們守候到第三個夜晚，屋外寒雨霏霏的，天氣異常寒冷，到了三更天左右，那隻山魈從窗口跳進鋪裡來了。躲在另間屋裡的人，屏息不出聲，都在凝神看著牠；這一回，牠頭上戴的，不再是瓜皮小帽，而是套著不知打哪兒偷來的女人的紅褲子，褲管分垂在牠的耳邊，看來十分滑稽可笑，牠手裡還拿著一支孩子玩的小搖鼓，卜隆咚、卜隆咚的搖著。

牠繞著鐵鋪中間的鼓風爐轉了一圈，磔磔的怪笑著，放下搖鼓去抓火炭了，說也奇怪，牠的指爪彷彿是鐵做的，抓起熾燃的紅火炭，一點都不覺得疼痛，牠一面抓，一面遍地亂撒，用牠的獨腳在紅火炭上亂蹭亂跳，笑得更響啦。

趙五趁牠不防備的當口，點燃了一枚大爆竹投向牠，緊接著，眾人也紛紛扔出爆竹去，一陣轟轟的炸裂聲，把那隻山魈嚇得抱住腦袋蹲在地上，姚三信帶人一哄而上，用網罟罩住牠的身體，然後，繩捆索綁把牠捆牢了，就用扁擔木棒猛敲猛打，打得那獨腳鬼吱吱尖叫。

「慢點兒，慢點兒，」趙五上前阻住眾人說：「牠雖是山精鬼物，但也沒生大害，只是亂玩火炭，怕會燒掉我們的房舍，給牠點兒教訓也就夠了！」

「那好，」姚三信說：「先把牠拴在柱子上，咱們折騰大半夜，肚子也餓透了，弄些酒菜，在爐邊喝酒驅寒，讓獨腳鬼看著流口水好了。」

酒菜列在鼓風爐邊的桌面上，大夥兒坐下喝酒吃菜，那隻被捕的山魈，露出可憐兮兮的樣子，兩眼淚汪汪的，學著人跪下叩頭，又學人打躬作揖，趙五看牠真的流下口涎，便夾了塊肉給牠，牠也慢慢的吃了起來，姚三信拾起地下的小搖鼓，塞到牠手裡，牠居然露出牙齒笑了，牠把小搖鼓搖了又搖，笑得更響啦。

「山裡的人都怕獨腳鬼，其實沒有什麼好怕的，」趙五生出感慨說：「瞧牠這個樣子，活脫是個頑皮的孩子，一點也不兇暴歹毒嘛。」

「鬼物終是鬼物，留牠不得的，」當地一個漢子說：「明天一早，還是找一把桑木刀，把牠切割了，扔下水去餵魚蝦算了。」

「不不不，」趙五說：「人怕山魈，只因牠是鬼物，跟人不一樣罷了，其實，有些歹毒的人，要比山魈更可怕得多。就拿犯我沿海的倭鬼來講吧，他們一上岸來，火燒村落，姦淫擄掠，此山魈惡上萬倍，我敢擔保，這回我們放了牠，牠下回絕不會再來了。」

趙五趁著三杯酒興，過去拍拍那山魈的肩膀，對牠說：

「獨腳鬼，獨腳鬼，但盼你聽懂我的話，我趙五是小本經營，靠打鐵吃飯，還得養家活口，我這爐裡的炭，也都是花錢買的，禁不起你這樣胡亂糟蹋，今夜趁著天色還沒亮，我決意放了你，你替我乖乖的回山，不要再來窮搗蛋了，你明白吧？」

那山魈不通人語，只能吱呀吱呀的咧著牙，一句一點頭，彷彿全都聽得懂的樣子。

趙五找了一把匕首，挑斷緊縛在牠身上的繩索，那山魈站立起來，鬆活鬆活牠被捆麻了的肩膀，並沒急著跳窗逃跑，反而抓過酒壺仰臉朝天，咕嘟咕嘟的喝了幾大口酒，然後跪下來，朝席上叩了三個響頭，跳出窗子，消失在冷雨夜暗之中了。

鐵匠趙五義釋山魈的事，很快就傳遍了整個山區，大夥兒都認爲這個北方漢子，是世間一等的大好人，人人都樂意買他打造的鐵器。趙五這個流寓，也就在浙江山野小鎮上發了家，不單兒孫滿堂，而且從他釋放那隻山魈之後，所有的山魈都沒在那片山區出現過。

山魈的故事，也只成爲邈遠的傳說，因爲，從沒有人再見過那玩意兒了。

羅剎和白骨精

仙都峰在西邊遙遙影立著，丘陵下的潭平莊，兜在黑夜撒下的網裡；小男孩順子挺愛這樣的夜晚，壁洞中的小油盞點亮了，焰舌老是撲突撲突的亂跳，光暈也總是黯糊糊的，幾乎照不清老爺爺多褐斑的皺臉。

「講昨晚沒講完的故事罷。」他說。

「昨晚我講什麼來？」老人叭著旱煙，笑得皺紋縱橫，兩眼發著光。

「羅刹鬼母啊。」孩子說：「才剛講，你就歪頭睡著了。」

「呵呵，羅刹鬼母嗎？那倒是真的，在西邊的大山裡，就有那種鬼物，爺爺我在小時候，就聽人傳講了！那不像一般鬼物，牠是通靈又會變化的。」

「牠長得什麼樣子呢？」孩子問說。

「噢，傳說牠本來的樣子，像一隻禿頭灰毛的鶴，兩隻眼珠血紅血紅的，牠最喜歡啄食人的眼珠子，仙都峰左近地方，單凡有眼無珠，空留下一雙眼框的人，多半是遭到羅刹鬼母的害了。」

老人的故事，流成一條黑黑的河，一直流到小男孩順子的夢裡去；傳說古人相信人的魂與魄是兩樣東西，魂屬靈，魄屬氣，人死後，魂升而魄降，無數惡魄幽聚在山林裡，便化成羅刹鬼母，牠該是世上最殘忍無情的東西，為了害人，牠會變化成不同的人的樣子，找機會啄食掉人的眼珠，攫取人的性命。

「山腳的桑家村，獵戶桑大的兒子桑兆倫，十多年前，迎娶山後周家孤莊周老敢的女兒，羅剎鬼母就出現過。」老人回憶說：「當時，這一帶的人都覺得很怪，你要曉得，那個周老敢就是個怪人吶！」

「怎麼怪法呢？」順子說。

「仙都峰鬧妖鬧鬼，遠近都曉得，當地人開梯田，都只敢開到山腰，再朝上去，野林子亂密密的，一股陰森鬼氣，有人上山砍柴，平白失蹤了，有人過路去後山，再也沒回來，但周老敢偏就在後山落戶，一家子獨住在深山裡面。他常穿著一領破舊的灰布道袍，頭上挽著個頂心髻，一個人穿林過嶺的來去自如；有人說他是練茅山道法的，能夠召神役鬼。他的宅子前後，用許多亂石，東一堆西一堆的堆成陣圖，能把毒蛇猛獸都困在裡頭。聽說他曾用法瓶，拘禁了兩個鬼靈，一個山魈，又鞭打過飛天夜叉，讓牠做了奴婢。不過，傳聞總歸是傳聞，誰也沒親眼見著，桑兆倫能娶到他的獨生女兒，說來真夠怪的。

「桑兆倫成親那天，爺爺我也去桑家村吃喜酒了。桑家聚合了十多個年輕力壯的漢子，請了轎伕和鼓樂，翻過仙都峰，到後山接新娘，天沒亮就起程，直到日頭啣山，才把新娘接回村來。桑家張燈結綵，大串的鞭炮放得震天響，好多人都圍著看新娘下轎。

「新娘下轎了，臉上有紅巾擋著，看不出她的容貌，但她的身材嬌小玲瓏，走起路來，步步生花，大夥兒都猜她一定很漂亮。到了拜堂之後，做新郎的挑起她的面巾，看熱鬧的親朋，都不由的發出讚嘆，推許她是附近最美的新娘。

「那晚，我吃了喜酒，就和同村的人一道，打著火把回來了。誰知到了第二天，桑家起了驚天動地的大變化，說是小夫妻進了洞房，到了半夜裡，桑家的人聽到新房裡一聲長長的慘叫，趕急掌燈跑過去一看，不得了，新娘子不見了，新郎雙手捂著臉，倒在地上亂滾，血，從他手指縫裡流出來，床上，地下，全是血點子，扳開他的手再看，兩隻眼珠子全沒了，只落兩個血框子，黑黑的天上，一隻怪鳥在嘎嘎的叫著……

「不用說，真正的新娘，已經在半路上被羅刹害死了，羅刹鬼母按照新娘的模樣，變成假的新娘，在洞房裡現出原形，啄掉了新郎的眼珠子。」

「羅刹鬼母爲什麼要害這對新人呢？」順子眨著眼，他心裡一有疑惑，就會打破砂鍋問到底。

「羅刹鬼母是找周老敢尋仇啊！」老人說：「牠敵不過有法術的周老敢，就找到他女兒女婿頭上，牠曉得女兒出嫁那天，做岳丈的周老敢不會護轎，那正是牠尋仇的好機會呢。」

在小油盞黯黯的光暈下面，夜流著，時間流著，故事也在老人的嘴裡流著，彷彿是流不完的。開春後，老爺爺又掉了兩顆牙齒，說話的聲音變得更空洞，更沙啞了。他常常反轉煙袋鍋，去敲打他的後腦，彷彿想把一些精靈古怪的東西從腦子裡敲出來，有時也並不怎麼靈光，只能講些小零小碎的。

「仙都峰原是塊清淨的地方，前朝鬧長毛，亂兵在這裡枉殺了許多逃難人，後來官軍又追殺長毛，遍山都是死屍，食屍的怪獸也出來了，鬼物可多得很。有一種泥丸子，自己會在路上滾動，不知情的人，伸腳一踢，蹦的一聲，它就炸開了，炸出一團活抖抖的鬼火來，把你繞上一圈，你就被鬼給迷住啦！有人管這種泥丸叫鬼彈子，見了它，都避得遠遠的。」

「我還想聽聽周老敢的故事，」順子說：「那羅刹鬼母害了他的女兒女婿，周老敢既有法術，他不要找羅刹鬼母報仇嗎？」

「噢，你說周老敢和羅刹鬼母鬥法嗎？」老人點點頭，又裝起一袋煙來，就著燈焰吸著了，慢吞吞的說：

「消息傳到後山周家孤莊，周老敢當然氣煞恨煞了，羅刹鬼母曉得他不好惹，一避避進縣城去啦！牠總想：在人多的地方，周老敢一時不容易找到牠。誰知周老敢的術數很精，很快就推算出羅刹鬼母躲進城裡了，他還是一身遊方道士的打扮，追到城裡四處打聽。

「那時刻，城西街有家轎行，有人出城到山裡去，怕山路難走，多會租頂便轎，由兩個轎伕抬著，要是路遠，會加一個換班的。那天傍午時，有個年輕的婦道，梳妝整齊，到巷口叫轎子，一群轎伕見她很有姿色，都願意搶著出轎，她選了轎伕阿隆的那頂轎子。

「『不知小嫂子妳要去哪裡？』阿隆問她。

「『我去仙都峰北邊的山溪口走親戚啦。』女的說。

「幾個老轎伕聽了，不由都倒抽一口冷氣，那個地方太荒僻了，溪岸和溪心都是滾滾亂石，根本沒有住家，這女的怎麼會要到那邊探親呢？但那女的願出整塊的龍洋，恰好阿隆他們又是年輕氣盛的，貪著重利，就爽快的答允了。

「兩個轎伕央她上轎，阿隆跟著當換肩的，出了西門，順路朝西北走，每隔半個時辰，輪流換換肩，也都覺得很輕快，他們一邊走，一邊還唱著小曲子散心呢。

「離城十里，叉路口有座業已破敗的長亭，他們把轎子歇在路邊，進亭去，取出竹筒喝了些水，用汗巾抹了把汗，天到晌午時啦，轎伕們的午餐可簡便，取出懷裡揣著的飯糰子，大口吃著。

「『到晌午啦，小嫂子，妳不下轎來吃點什麼？』阿隆朝轎裡叫喚說。

「『我吃過才出門的，』女的細聲說：『到晚上，還有得吃哩。山路不好走，小哥，你們還是快點上路罷。』

「轎子離了長亭，又上路了，路荒荒的，草長長的，一路撩向西北，仙都峰的影子，不遠不近的立在轎伕的眼眉上。

「『真是望山跑倒馬，整塊洋錢不好賺啦！』轎前的那個說：『怎麼這轎子愈抬愈重了呢？』

「他不說，後邊抬轎的並不覺著，他這一說，後面那個也覺不對勁了，原先抬這個嬌小玲瓏的女人，像抬稻草似的，掀荷掀荷輕鬆得緊，怎麼越抬越重，彷彿超過百斤，兩肩都隱隱的壓疼了。

「『換肩啦，阿隆。』他吼叫著。

「轎子離開官道，轉向山區，他們換肩換得更勤了，三個轎伕都抬得氣喘吁吁，渾身是汗，到了一處略微寬平的石灘上，他們又歇下轎來換肩，阿隆在轎前卸下肩軛帶，換班時經過轎邊，正好有一陣小風兜動轎簾子，露出一絲縫隙來，阿隆無意中看到一個血漓漓的東西，好像是牛的舌頭，一伸一縮，一吞一吐的顫動著，黏答答的口涎，把窗布都滴濕了。

「他是機靈人，念頭飛快的一轉，就明白轎子裡抬的，根本不是人了，怨不得她在長亭那邊細聲細氣的說她晚上還有得吃呢，天啦，她晚上要吃的，不正是三個抬轎的傻鳥嗎？

「他原想把這事告訴那兩個，繼而一想，決不能慌躁，這鬼物的耳朵長，若是聽見了，準會立刻撲出來，把三個人全給啃掉，連骨頭渣子全不吐。看光景，只好先換上他們兩個抬著，他在後面想法子找救兵。

「轎子隨著腳步的顛躓，吱唷吱唷的響著，跟隨在轎後的阿隆，禁不住的心驚膽戰，就快近山溪口啦，這種天荒地野的鬼地方，根本沒有過路的人影子，一時真還找不出解救危境的法子，轎子裡面，究竟會是什麼樣的妖魔鬼怪呢？

「忽然，他想起仙都峰下桑家村的傳聞，獵戶桑大的兒子桑兆倫，不是娶了個假扮新娘的羅剎鬼母嗎？半夜裡，那鬼物現出原形，啄食了新郎的眼珠子去。

「對啦，這鬼物八成是羅剎鬼母啦，最會變化，又吃人不眨眼的東西，單憑三個人，無論如何是敵不過牠的，眼看太陽已經偏西啦，再不想出辦法，三條命就都完啦！

「正當他恐慌無計的時刻，抬頭望見遠遠的大石上，彷彿站著一個人，他揉揉眼，仔細望過去，不錯，那好像是道士的樣子，身上穿著一領灰布道袍，頭上挽著道髻，搭起手棚，彷彿也在望著什麼。

「『要換肩啦，阿隆，』轎後那個咕噥說：『真重死了，肩膀像壓斷了似的。』

「『嗨，換換肩，歇歇腿，難道轎裡抬了個鬼！』前面那個坐在轎桿上喘著。

「這時候，阿隆和後面的轎伕卻看見怪事發生了，最先是轎頂子不停的抖動，抖著抖著的，有東西硬把轎頂子給頂飛了，叭的一聲之後，轎子裡冒出一個柳斗大的鬼腦袋來，頭上紅毛捲捲的，千百條髮餅子都像血色小蛇一樣的蠕動著，轉眼之間，轎子被撐開了，前面的轎伕被壓倒在地上，那妖物伸著長長的頸子，足有一丈多高，渾身是張開的黑羽毛，下面卻是一隻鳥爪子，一踏步，便踩得碎石亂迸。

「『救命啊！救命哦……』被木片壓倒的轎伕狂叫著。

「阿隆也沒看清那老道士是怎麼來的，一眨眼工夫，他已經站在荒路當中，擋住了鬼物的去路，發話說：『哼！你這個作惡多端的鬼物，今天是你的死期到了，你休想再逃啦！』說著，他雙掌齊放，轟轟隆隆的，起了驚天動地的風雷，三個轎伕伏身在地上，雙手緊抱住腦袋，連眼也不敢睜。

「等到雷聲響過，阿隆最先抬起頭來，他看見一團烈火繞著那鬼物，筆直飛騰到半空中去，火裡還響著嘎嘎的慘叫聲。轉瞬間，老道士不見了，鬼物也不見了，滿天像天女散花似的，飄落著千百片黑色的羽毛。

「阿隆並沒有機會問那老道士的名字，想也想得到的，他就該是住在仙都峰後的怪人周老敢啦！」

順子更大一些的時候，老爺爺的腰駝了，背彎了，一口牙齒也落盡了，夜來晚上。坐在古舊的斑竹躺椅上，不斷打著倦意的呵欠。有時候坐著坐著，頭一歪，就會打起鼾來，即使逗著他的興致好，開口講些短短的故事，聲音也像抹了漿糊，有些不清不楚的了。

那年秋天，他們的東家李大爺，騎著一匹大青騾來到莊上，他是仙都峰山腰那一帶梯田的田主，老爺爺當初也在他田莊上管過事，李大爺到順子家裡，帶了不少禮物來看望老爺爺，口口聲聲稱老爺爺叫呂大叔，說他是路過這裡，到山腰的田莊上去，照管一季的收割。

「原想來請呂大叔您陪我一道上山的，」他說：「沒想到您的身體弱成這樣……」

「倒不是弱，是老朽了。」老人說：「鐵打的金剛，也禁不得歲月消磨啊。」

「這晌時，山上還平靜罷？」

「自從周老敢焚死那鬼物之後，倒也算平靜些啦！」老人微微喘息著：「不過，聽講還是有人失蹤，你上山後，白天不大要緊，趕到夜晚，最好留在屋裡，少出去走動，像什麼抽鬍子老媽啦，白骨精啦，遇上了總不是鬧著玩的；這樣罷，我讓小孫兒順子陪你一道兒上山，他雖是小小年歲，做事倒滿勤快的。替你倒倒茶水，餵餵牲畜，多少能幫上點忙啊。」

李大爺看了看順子，笑著點了點頭。

「跟我上山，你不怕嗎？」

「不怕，」順子說：「老爺爺告訴過我，凡是鬼物，都很怕掃把，我只要拿著一柄竹掃把，什麼惡鬼都會跑開的。」

「好罷，」李大爺說：「你既有膽子，我就帶你上山歷練歷練去。」

上山前的那夜，順子躺在床上，翻來覆去睡不著，興奮中多少有點恐懼，他活到十多歲了，經常在夜晚聽那山的故事，但對攤展在眼前的那座山，卻從沒上去過，這一回，他終於能陪著田主李大爺到山裡去了，對於感覺中充滿妖魔鬼怪的那座山，他要親自去看一看，人常說：耳聽是虛，眼見是實，一個人，總不能一輩子都活在傳說裡面呀。

二天一早，他真的跟隨著李大爺上山啦，李家的田莊，在山腰一座寬廣的平臺上，一棟三合院的茅舍，蓋得寬敞平整，茅舍四面，立著粗糙原木釘成的半截欄柵，欄柵雖不高，但深埋在地層下，樁基十分堅牢，據田莊管事的紅鼻子老爹說，那是防著像山豬那類的野獸侵入，破壞園子裡種植的果菜作物。

李大爺一歇下來，紅鼻子老爹就跑來告訴他，昏夜裡最好不要外出，山原上最近不怎麼安穩，也許他怕嚇著城裡來的田主罷，語意相當含糊。

「山豬近來也鬧得很兇，」紅鼻子老爹兜轉話題：「牠們成群結隊的夜晚出來，亂奔亂竄，鬼牙齒尖銳得很，碗口粗的樹木禁不住牠們刨土鑽穴，一棵棵的全叫放倒，牠們更聚在欄柵外面啃咬木樁，欄柵下的樹皮，全叫牠們啃掉了。」

順子也在一邊聽著，心裡禁不住的好笑，對方分明是拿山豬、山猴之類的物事來掩飾，根本沒提到抽鬍子老媽和白骨精那些可怕的鬼物。

當天夜晚，月色朗亮，李大爺喝了兩盅山釀的土酒，顯得很有興致，打開門，在欄柵裡面的園子當中踱步，順子忍不住跟了出來，坐在廊簷下的木凳上，托著腮看月亮。船一樣的彎月穿過流雲，飛快的朝前走，看久了，不知是雲飛還是月動，真是有趣。

順子正望月成癡，忽然聽見木柵門響，再一看，李大爺業已出了欄柵，背著手，信步踱向前山去了。

順子沒有動，他不覺得那些可怕的傳說，真的會出現到眼前來，李大爺信步踏月，是不會有什麼事的，但這只是他一廂情願的念頭，過不了一會兒，就聽見腳步咚咚的，是李大爺，用手掖著長袍，顛顛躓躓的朝回跑，彷彿是被什麼東西追逐的樣子。他喘著大氣，一進木柵門，反手就把門給槓上了。

順子站起身迎過去，他以爲李大爺是遇上山豬啦，但他還沒來得及去問，木柵外面卻出現了一團白糊糊的影子，蹦咚，蹦咚，一路像搗杵般的跳過來，不錯，那正是傳說裡的白骨精，一具完整的白骨骷髏，雙臂前伸，一副作勢攫人的樣子，逼直的蹦跳過來。

牠跳到木樁前被擋住了，轉向柵門，李大爺一把抓住順子，逃到茅舍門口，才又轉身去看，那鬼物又撞又咬，撞得柵門咚咚響，一陣風來，帶來濃濃的腥臭味。

「這鬼東西匿在樹後面，我差點叫牠抓著。」李大爺喘息說：「一時找不到趁手的東西對付牠呢。」

「有了，」順子想起來：「我去扛竹掃把。」

「不用了，」李大爺說：「牠既進不來，恁牠去咬撞罷，好在雞也快叫了。」

臨到雞一啼喚，白骨骷髏轟然倒地，變成一堆散亂的白骨，再也不能動彈了，但那一夜對順子而言，可算最長的一夜，他想不透，白骨骷髏怎麼會跳著追人的。

這謎團不難解開，紅鼻子老爹在埋葬那堆白骨時告訴他說：

「骷髏是不會作怪的，有妖邪附在骷髏身上，牠才會變成白骨精，可惜後山的周老敢業已搬走了，一時還沒有誰有那麼深的道法，來降伏山上的邪魔呢。」

荒塚屍變

巡騎的馬蹄聲，擂鼓也似的奔過山麓，渾身染血的石仲虎，手裡緊握著大砍刀，屏息靜伏在草叢裡，咋夜晚，大隊清兵在雷雨中撞破了寨門，吶喊連天的蜂擁而進，雨淋不熄的葵火棒子到處飄搖著。（以向日葵的稈子浸以桐油，可在風雨中點燃不滅。）

守寨的莊丁和清兵結成團兒咬鬥，呼叫和慘號不歇的揚起，他抄起這柄足重卅六斤的大砍刀，虎吼著躍撲上去，把清兵的陣勢衝散，他心裡明白，全寨一千多寨丁和三千多老弱婦孺，要是不能趁黑衝出去，準會被清兵趕盡殺絕，這些由內蒙調來的馬隊和步卒，都很凶蠻慓悍，殺人不眨眼，他們已經踹開好些寨子，連三尺童男，兩尺童女，都砍頭割耳拿去報功，鬱在胸頭的這股怒火，瘋狂的熾燃起來，他是寨裡的先鋒，說什麼也要砍開一條血路，替寨裡留一些丁種。

他原就孔武有力，練武多年，猛如酣虎，刀光連閃，砍得清軍人仰馬翻，跟在他背後的寨丁，也都捨死拚鬥，不一會工夫，不少人都衝出寨門，寨的東南就是山麓，林深草密，只要能摸黑入山，就多了一線生機啦！

「打蛇打頭，攫石仲虎啊！」一個把總呼吼著。

爲了讓更多人有脫逃的機會，他揮刀反撲過去，像砍瓜切菜一般的，又砍倒了四五十個，這才匿入山林。

雨勢十分猛烈，天黑得像墨潑一般，他明白漆黑的雨夜，帶給人的安心是虛幻的，只要天一放亮，清軍的驍騎和步卒就會入山窮搜，本領再高，也是眾寡不敵；他必得趁黑遠走，找一處隱秘的所在存身，等到搜兵過去，再設法脫身，這樣，他連夜摸行好幾里，越過一條險澗，天剛放亮，清兵的巡騎就已經壓過來了。

他料定清兵必會大舉搜山，便爬到一株極高的高樹上去，用濃密的枝葉遮掩住自己的身體，果然，天明雨住之後，清兵數千人就大舉入山，往復的搜尋。

他聽見遠處有啼哭聲和慘號聲，一定有人羊入虎口，橫屍刀下了，而他一夜酣戰後，業已精疲力竭，肩上和腿上都帶有傷痕，就算他跳下樹去，再行砍殺一陣，也於大勢無補，只能多賠上一條命而已。

搜山折騰了大半天的光景，直到陰雲再合，晚風初盪，那些人聲腳步才遝然遠去。

他確信清兵都已收隊下山，這才緩緩爬下樹來，細辨山勢，認清方位，循著山中偏僻的鳥徑曲行，到得一處垂瀑，他掬飲了一些涼水，把身上的血衫洗淨擰乾，餓火燒著他的胃腸，卻無任何可食的東西，他隱約記得，翻過這道山嶺，那邊的深山中有一座古廟，廟中的僧侶會暫行收容他，給他足夠的齋飯，俗說：人是鐵，飯是鋼，人要活著，才有收聚殘眾，報仇雪恨的機會。

這次清軍以重兵壓境，遍屠魯、豫兩省的村寨，打的是清除八卦教匪的旗號，事實，這些村寨都和八卦教無關，只是民窮財盡，久困於兵燹，納不起糧，繳不出稅，清廷認定抗拒繳納糧稅的，便是叛逆亂民，關閉村寨不容清軍進入的，就發炮轟擊，然後強打猛攻，施行血屠，非要屠到人煙絕滅，雞犬無遺類不可，石家老寨這回也是應了劫啦。

他趁夜趲行，天過三更，天色逐漸開朗，有月光透入林隙，他越出這片密林，眼前出現了一片很大的荒塚堆來，不錯，這是豫鄂交界處知名的大亂葬坑，傳說當年這嶺腳原有幾座大寨子，人煙十分稠密，川楚教難時，被清軍大肆燒殺，敉爲平地，劫後的人，便把慘死者埋葬在這裡，這兒距那座古廟，也只有十來里地了。

他找塊地方坐下來歇歇腳，忽然聽到一座大墳的背後，有了唧唧咂咂的怪聲，彷彿是鳥雀喧噪，但又間夾著哈哈喝喝的笑聲，他算是驚弓之鳥，不由的横刀戒備起來，頭頂上的月光甚爲朗亮，他小心翼翼的走過去，想看看究竟是什麼東西？

嘿，方轉到大墳的另一側，他可看清楚了，原來是一對男女在墳後野合，男的戴著古老的氈帽，穿著一領灰布大褂，女的亂髮蓬飛，穿著扯開半襟的紅棉襖，下半身都精赤裸露，身旁並沒見褪去的褌褲。那兩個並不知背後有人，一副樂極情濃的嘖嘖聲。

石仲虎瞧著這光景，心知他們決非是活人，而是野鬼了，夜深正值陰盛，他們才會在月光下顯形，既能見著鬼形，一定能聽到鬼說話啦。

他站著沒有動彈，側耳諦聽，但他們除了嘖嘖喝喝之外，並不能言語，如此看來，他們不是野鬼，而是兩具殭屍！

他一時不願上前驚動他們，反而悄然後退幾步，匿身到林影裡，想看個究竟。

說也怪，那兩個被石仲虎的陽氣觸動了，急速的分開，站起身來，直奔石仲虎立身處而來，石仲虎握刀在手，並不駭懼，他仔細觀看著，只見那男殭面目黧黑，下巴已經爛掉了，兩隻眼也沒有眼珠，露著兩個深深的黑洞；女的額頭灰黯，彷彿有大塊霉斑，眉毛以下慘白慘白，眼珠鮮紅，閃閃發光，這樣的殭屍，還是他生平頭一回遇到過，也不由得他不緊張。

他踩著丁字步，急轉至平坦開闊處，說時遲那時快，男殭已疾如飄風的先奔過來，石仲虎掄起大砍刀猛力橫揮出去，喀嚓一聲，砍掉那男殭的腦袋，但沒有用，沒頭的殭屍仍然直撲過來，石仲虎駭異萬分，又揮刀從上直劈，但那沒頭的男殭伸手捉住刀頭，和他搶奪。

看不出那個殭屍力大無窮，猛過獅虎，石仲虎費盡力氣也無法把刀抽出來，這時，女殭又已撲過來，伸出手爪抓攫他，指甲足有一尺多長。石仲虎不得已，用左手握住大砍刀的刀柄抗拒那個男殭，右手拔出腰裡的短劍，對準女殭的肚腹直刺過去。

就聽喀的一聲，那柄短劍完全刺進她的肚腹，但女殭彷彿根本沒有覺著，一隻手挽住劍柄，另一隻手朝向石仲虎臉上直摑過來，石仲虎立即跳躍閃避，但女殭爪尖拂過他的額角，立即皮破血流，這才明白自己雖然勇武，但實在無法力敵這兩個死人了。

他奮力一聳，把大砍刀也拋棄掉，短劍也不要了，轉身朝林裡奔逃，男殭和女殭反而握住了他棄掉的刀劍，隨後追逐他。

石仲虎心想：人都傳言，殭屍追人，通常只能直奔，不會轉彎，於是他就東移西轉，希望能甩脫他們，孰知這兩具殭屍不然，他們轉動靈活，比人更快捷，使他十分的窘迫狼

古龍精品集

古龍小說 已成經典 精華薈萃 百年一遇

多年以來，古龍為台港星馬各地的讀者大眾，創造了許多英雄偶像，提供了許多消閒趣味。如今，他的作品又風靡了中國大陸，與金庸的作品同受喜愛與推崇。

風雲精選武俠經典　編為經典版古龍精品集

古龍精品集 《25K本》

◎ 單套郵撥**85**折優待 ◎

01. 多情劍客無情劍（全三冊）
02. 三少爺的劍（全二冊）
03. 絕代雙驕（全五冊）
04. 流星・蝴蝶・劍（全二冊）
05. 白玉老虎（全三冊）
06. 武林外史（全五冊）
07. 名劍風流（全四冊）
08. 陸小鳳傳奇（全六冊）
09. 楚留香新傳（全六冊）
10. 七種武器（全四冊）（含《拳頭》）
11. 邊城浪子（全三冊）
12. 天涯・明月・刀（全二冊）（含《飛刀・又見飛刀》）
13. 蕭十一郎（全二冊）（含《劍・花・煙雨江南》）
14. 火併蕭十一郎（全二冊）
15. 劍毒梅香（全三冊）（附新出土的《神君別傳》）
16. 歡樂英雄（全三冊）
17. 大人物（全二冊）
18. 彩環曲（全一冊）
19. 九月鷹飛（全三冊）
20. 圓月彎刀（全三冊）
21. 大地飛鷹（全三冊）
22. 風鈴中的刀聲（全二冊）
23. 英雄無淚（全一冊）
24. 護花鈴（全三冊）
25. 絕不低頭（全一冊）
26. 碧血洗銀槍（全一冊）

與《淘寶筆記》相媲美，網路瘋傳
更精彩刺激、高潮迭起的淘寶世界

淘寶達人

浪拍雲 著

每一件古玩都代表著一段歷史，
沉澱著一種文化，講述著一個故事……
達人告誡：「看古玩不要聽故事，好東西自己會說話。」

網友熱烈分享，
史上最驚心動魄的尋寶經歷！

傳說中的「肚憋油」裏面，竟有兩隻西周千年玉蟬；
老宅塵封的密室裡，讓人眼花繚亂的皇陵珍寶；
海盜一生心血的沉船寶藏、柴窯梅瓶、焦尾琴……
緊跟著淘寶達人的腳步，上山下海尋找奇珍異寶！

陸續出版中

之1 無價之寶　之2 鬥寶大會

每冊 特價 $199

風雲書網 一次滿足您所有需求！

想知道最新最快的書訊？想花費最合理的價格買書？

請上風雲書網 http://eastbooks.com.tw

郵撥帳戶：風雲時代出版公司　郵撥帳號：12043291

電話：02-2756-0949　傳真：02-2765-3799　地址：台北市民生東路五段178號7樓之3

E-mail：h7560949@ms15.hinet.net　官方部落格：http://eastbooks.pixnet.net/blog

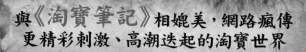

狽。

他惶急中瞥見眼前一株大樹，足有水桶粗細，他就飛身撲樹，急速的朝上爬，那兩具殭屍追了過來，沒頭的男殭也會縱跳，連跳幾次，差點就捉住石仲虎的腳，石仲虎怕被他拖下去，不斷朝高處攀爬，那兩個攫他不到，就抱著樹身，猛力狂搖，搖得樹梢東擺西盪，像狂風拂柳，連樹根都喀嚓喀嚓的響，彷彿要斷折一般。

這當口，一向勇悍的石仲虎，也只能緊緊抱著樹枝，向蒼天唸佛禱告了，幸好這株樹長得粗壯，根深柢固，任那兩具殭屍合力搖撼，終沒有被拔倒。

時辰一分一分的過去，天色微明，遠處有雞啼了，那穿紅棉襖的女殭掉頭飛奔而去，沒頭的男殭倒在樹根下面，再也不動了，石仲虎瞧著，心裡才略微安怗一些，但還不敢貿然爬下樹來；一直臨到太陽高高升出來，遠處見到炊煙了，他才敢抱著樹幹滑下地來。

走近那具男殭的屍體仔細看視，原來他身上都是骨骼，已經沒有什麼餘肉了，頸子被砍斷的地方，也沒有血跡，惟有胸窩一塊地方，有一團新肉，彷彿是屍腐之後，重新生長出來的，當中還生出一撮赤紅的細毛，這東西能夠作怪，恐怕就是和它有關了。

石仲虎恨極了，抽出膝下所插的匕首切掉男殭的兩隻臂膀，又削掉他的兩隻腳，在新肉上戳了許多刀，這才拾回地上的大砍刀和短劍，一步一拐的朝炊煙騰起方向走去。

走了十多里地，到得古廟，向老和尚乞討齋飯，那白眉長垂的老方丈見他這副模樣，合掌口宣佛號說：「施主，你用了齋飯，一時還不能上路，還是在廟裡多養息幾天罷，石家寨被大火燒光了，你回去也沒有用。」

「大師，您識得我？」石仲虎詫說。

「人劫還加鬼劫，」老方丈說：「你該明白世途百變，單憑勇力是不足恃了！令兄石伯龍昨夜過此，已經轉往漢陽，你歇幾天去找他罷。」

「嗨，」石仲虎廢然嘆了口氣：「大師，我生平在兩軍陣中橫衝亂踏，從不知一個怕字，但怎麼也沒想到，會敗在兩個死人的手上！」

「阿彌陀佛。」老方丈只唸了這一句，就不再言語啦！

沉冤

南京有許多老街老房舍，一進又一進四合院鎖連著，牆磚剝落，蒼苔遍地，坐落在太平路的那棟五進老屋，更顯得陰森；剛從皖北調回南京的蔡家夫妻倆，急著託朋友租屋，一時找不著合意的，正好這棟屋子的第三進空出來，就勉強租定了。

這屋子的前兩進，是江蘇高淳同鄉會租賃的，除了辦公之外，還以廉價轉租給同縣籍的學生居住，每天人來人往的很是嘈雜，第四進住著林家夫妻和一個孩子，第五進，住著林先生的堂哥和林家請的女傭楊涵英，正巧林先生和蔡先生同在一個大單位做事，算來也都是同事，兩家都是初到南京，能夠住在一起，覺得分外親切。

「你們來了最好。」林先生提出來說：「前面兩進房子，是高淳同鄉會館，招了許多男女學生，很嘈雜，我打算跟房東說一說，從第三進起，用磚牆隔起來，我們從後門進出，就清靜多了。」

「好啊，」蔡先生說：「我們看過房子之後，也正有這個意思，住家歸住家，辦公歸辦公，分開來就單純多了。再說，那些年輕學生前後亂竄，把我們客廳當成過路的川堂，總覺得怪怪的。」

「隔開來不會影響他們用水罷？」蔡太太說：「這房子的水井是在最後一進院子裡呢。」

「啊，妳說水井？他們早先是打水吃的，後來說水質不好，用大石塊封掉了，現時我們都找擔水伕買水吃的。」林太太說：「好在人口簡單，買水也很方便。」

既然沒有問題，隔不上幾天，林先生和房東談過，就找了工匠來，把通往第三進的通道用磚砌了起來，蔡林兩家便改走後門。

後門外是臨河的草地，不遠處有座小石橋，四邊比較荒落一些，夜晚沒有路燈，只有靠遠處家宅的燈光照路，要顯得清冷沈黯些，不過這總是在大城裡，落得清靜，並沒有什麼不便的地方。

蔡先生和林先生是早出晚歸的辦公者。蔡太太和林太太經常結伴出門買菜，偶爾到附近熱鬧的地方逛逛。林家那位堂兄林大先生，卻是自命風流，終日無所事事，據說他的家境優裕，早年在南京廝混過一陣，交結了不少朋友，他每天出門，不外是吃喝玩樂，還抽上幾口鴉片。女傭楊涵英是無錫鄉下來的姑娘，個性溫靜，安分守己，成天除了忙著家裡雜務，就是看守門戶。

這樣平平淡淡的日子過了一個多月，年輕敏感的蔡太太，總覺這宅子陰氣很重，有點兒說不出來的怪怪的味道，幸好她和林太太以及楊涵英都還談得來，要不然，那種枯枯索索的沈寂，可真是難以忍受呢。

有一天，三個女的閒聊，聊到林大先生的身上，蔡太太說：

「妳家那位大先生，年紀也不小了，不找個正經差事幹，成天搖著膀子晃來晃去，光是朝外花銷，也不知朝裡賺錢，天長日久，總不是一回事呀。」

「是啦，」林太太說：「我先生也這麼勸過他，他總是說，找機會選個能賺錢的生意做做，做生意得要人頭熟悉，所以先要去交際應酬。好在他花銷的錢，都是從家裡帶來的，我們勸不聽，也就算了。」

「真虧得他是個男子漢，每天夜晚，都不知他是怎麼摸黑回屋的，」蔡太太說：「我來這個把月，沒見過他幾次面呢。他一個人走黑路，竟也不怕的慌。」

「他喝得醉裡馬虎的，一路歪斜唱著小曲兒，哪裡還想到怕？」林太太說：「只是涵英經常等著替他開門，可累壞了。」

「開門？」女傭楊涵英詫異的說：「我白天做事，累得要命，夜晚睡得很沈，從沒替他開過門啊?!」

「那可就怪了。」蔡太太說：「妳每天夜晚睡前，沒有從裡面把門閂上嗎？」

「有啊。」楊涵英說：「每天夜晚，我睡前都是把門從裡面閂上的，妳們沒替大先生開門，是誰替他開的門呢？是蔡先生，還是林先生？」

「好像都沒有，」兩個太太都搖了搖頭：「等他們下班回來，倒要記得問一聲呢。」

兩個太太沒急著問，女傭楊涵英倒急著直接問林大先生了，那是第二天早上，林大先生出門時，楊涵英問的，她說：

「噯，大先生，你每天半夜三更回來，都是誰幫你開的門啊？」

林大先生被她問楞了，一臉奇怪的神情說：

「真怪，不都是妳起來開的門嗎？也許妳患了夢遊症，自己起來開門都忘啦。」

「活見鬼，」楊涵英說：「我白天忙這忙那的，忙上一整天，倒下頭就睡著了，打雷都吵不醒，哪有精神替你開門來？」

「不，」林大先生說：「分明是妳。」

「你硬說是我？我問你，我都穿的什麼衣裳？」

「妳穿陰丹士林的旗袍，沒錯的。」

「大先生，你錯了，」楊涵英說：「我是有一件陰丹士林布的旗袍，平常都捨不得穿，壓在箱子底下，我半夜三更怎會穿它呢？」

林大先生抖著肩膀笑了起來：「照妳這麼說，難道有鬼來幫我開門？真是這樣，我就越發晚一點回來，——不用叫門吵醒旁的人啦。」

他半真半假，輕輕鬆鬆說了話，就跨出門去了，楊涵英心裡卻有些發毛啦，在最後一進院子裡，只有她和林大先生兩個人住，林大先生住正屋西間，她住在廚房隔壁的小屋裡，緊鄰著後門的過道，這院子真要有鬼，林大先生沒回來之前，只有她一個人在，這不是嚇死人嗎？

她趕急把心裡的疑慮，對蔡太太和林太太說了，蔡太太安慰她說：

「這裡是大城市，又不是荒村野店，也許林大先生存心和妳開玩笑，故意嚇唬妳的，妳可不要放在心上。」

「我們不都還是活得好好的嘛，」林太太也說：「這宅子雖很古舊，但仍是吉屋，不會好端端鬧鬼的，瞧他把妳嚇成這樣子，若真是夜晚有不尋常的動靜，我們也不會拋下妳不管的呀。」

楊涵英一肚子疑雲，被兩個太太的說詞沖淡了許多，雖有些沒精打采，也就沒再講下去了。

這時候，正巧蔡太太的妹妹從上海到南京來，在姐姐家裡小住，多了個人，自然多了份熱鬧，大家也就沒再提誰替林大先生開門的事了。

蔡家妹妹在南京玩了幾天，說是要回上海去了，託姐夫上班時，順道替她買火車票，蔡先生叫了黃包車，去車站替她買了早班火車的票子，那是早上七點鐘開車的那一班。

蔡太太對妹妹說：

「明天一大早五點多妳就要起床出門了，我叫妳姐夫早一點起來，送妳到車站去，我就不送了。」

妹妹二天動身出門時，蔡太太仍在睡夢裡，到了七點多鐘她才起來，想約林太太去買菜，由第三進走到第四進，見到林太太時，林太太說：

「蔡太太，妳妹妹不是說要搭早班火車回上海去嗎？怎麼剛才還在我們屋裡來回走動呢？妳得告訴她，早一點出門，免得趕不上火車了。」

「不會呀，」蔡太太說：「她買的是早上七點開車的票，她姐夫五點多就送她去車站了，現在火車早就開走啦，怎會還在妳屋裡呢?!」

「我親眼看見她在屋裡走的，」林太太一口咬定說：「她還拿起我們家的相片在看呢。」

「妳一定弄錯人了，她穿的是什麼衣裳呢？」

「我沒弄錯啊，她穿的是陰丹士林的旗袍嘛。」

「不是，」蔡太太說：「她穿的是青嗶嘰的旗袍，不會是楊涵英起得早，是她進屋來的罷。」

兩人正說著，年輕的女傭打著呵欠從後進過來了，她進門就說：

「兩位太太有叫我嗎？今天我是睡過頭了。」

「妳有沒有到屋裡來過，我是說今天早晨。」林太太說。

「沒有啊。」女傭說。

「真奇怪，陰丹士林的旗袍，年輕輕的，剪短髮，學生模樣，我們宅子裡沒有這樣的人啊？」林太太困惑的自言自語著。

「陰丹士林的旗袍？」楊涵英想起什麼來說：「那不是大先生形容的，經常在夜晚替他開門的人嗎？」

「喲！瞧妳們兩個一敲一答的，越說越可怕啦！」蔡太太說：「憑空多出這麼個人來，夜晚替大先生開門，早上在妳屋裡翻相片看，這屋子還敢再住下去嗎？」

「我看，真的要想法子換屋啦。」林太太說。

當這宗怪異的事，被兩家人認真商討的時刻，林先生單位裡來了調令，把林先生調到浙江瞿州去服務，林太太吐了口氣說：

「老天真肯幫人的忙，正想到要物色房子搬家，這一紙調令可來得正是時候。」

「林先生一調動，我想我也快調動了。」蔡先生說：「我們兩個單位，業務上是關連的。」

「不過，我們和房東的合約，是簽一整年的，押金由單位替我們墊付了，」林先生說：「中途不好解約，只好把這房子轉租出去，我們單位裡既有人調走，當然也有調來的，查一查，好轉租給旁人。」

「轉租的事，由我來辦。」蔡先生說：「這房子太陰森，最好轉租給人口多一點的人家，用陽氣沖一沖，其實，我並不信邪，叫太太們繪聲繪色的一形容，心裡也有些毛毛的啦。」

房子在林家搬走後，沒幾天就租出去了，租賃它的，是同一單位新調來的主管級職員方先生，方家算是人口眾多，算算有八九個人，方先生來看過這房子，他覺得林家所住的四、五兩進，房間不夠，但蔡先生說明他就快調走了，勸方家暫時委屈些，先擠上一擠，不久他一調走，把第三進也讓出來，他們就寬敞了。

當時租屋也並不很容易，方先生也就答應了，不過，他對老屋沒有井水用，要出去買水吃，覺得頗不方便，他對蔡先生說：

「這一帶老宅子，大多是用井水的，要是人口少，買水並沒什麼，像我這一大家子，一天恐怕要買好幾大缸的水，真怕把擔水伕累壞呢。」

「原先高淳同鄉會館，是用後院井水的，」蔡先生說：「後來說是水質不好，才把它封掉，林家和我家人口不多，又是短期租賃，所以就決定買水吃，免得再花錢請工人來淘井了。」

「不行，」方先生想了想說：「其實淘淘井也花不了多少錢，萬一水質還是不合飲用，汲水洗衣裳做做雜務，也省了不少買水的花費，趕明兒，我對房東說去。」

方先生辦事，就像他處理公務一樣的認真，沒到三天，他就把淘井的工匠請得來了，兩三個年輕力壯的工匠，哼呵呀呵的費了大把勁，才把蓋在井口上的那塊大石頭移開，剛一移開石頭，一股瘟毒毒的臭氣就直衝上來，人在後三進院子裡，都聞得到那股怪味。

「井淤塞得太久，泉眼都封住了，」蔡太太捏起鼻子說：「這樣的井，能淘得清爽嗎？」

「工匠既然請來了，只有盡力淘淘看啦，」方先生說：「把廢水汲乾再行挖掘，挖活泉眼，水質不會差到哪裡去的。」

淘井工是戴著口罩，縋繩下井去開工的，才淘了半天，就在井底下哇哇大叫，用籮筐繫上來一個長形的布包，打開布包，裡面赫然出現一具女屍，這具女屍被井水浸泡得白慘慘的，臉孔和身體都已腫脹，但面貌還可分辨得出；她約莫十六七歲，眉目姣好，留著短短的學生頭，身上穿著月白色陰丹士林的旗袍。很顯然，她是被人謀害之後，墜入井底的，她的足踝上繫著麻繩，繩索綑著大磚塊，並且用麻布袋套起紮牢，然後推落到井底去的。

淘井淘出這種駭人的命案來，方先生只得猛抓頭皮，向警方報案了。法醫過來勘驗拍照，新聞界也紛紛趕來採訪，一夜之間，井底冤魂的命案，就喧騰京滬各地。

蔡林兩家都被警方傳訊過，由於他們來租屋時，這口井業已封閉，因此，訊問的重點，便落在高淳同鄉會的頭上，同鄉會的負責人供稱：他們辦公的人不多，井水多半是由招租來的學生們使用，後來說水質不好，主張封井的，也是學生，而被推入井底的女屍，按年齡和相貌推斷，應該也是學生，是否是情殺，只能提供警方參考了。

法醫檢驗，女屍落井已經有好幾個月，由於井水冰寒，屍身雖臭而未腐，就把女屍的照片沖出來，四處放大張貼，再徹查各地有沒有報失蹤人口的，總得要把死者的姓名家世背景查出來，才好逐步偵破這個案子。

蔡家夫妻倆，在命案鬧得風風雨雨的時刻，也接到單位的調令，調往浙江瞿州去了，行前，蔡太太曾對一家晚報，提起她居住在這宅子裡所遇到過的怪事，像有人在夜晚替林大先生開門，林大先生親眼見過是一位女孩，穿著陰丹士林的旗袍，後來，她妹妹回上海那天早晨，林太太也看見一個穿陰丹士林旗袍的女孩，在她客廳來回走動，並且還拿起她們家的照片在看，按照兩人的形容，不正就是沈冤井底的鬼魂嗎？

晚報把這宗怪事源源本本的刊出來，又引起了一陣轟動，還有許多刊物，大炒有鬼沒鬼，各種不同的意見，也都紛紛出籠。

當我見到蔡太太的時候，她業已是老祖母年歲的人了，她的腦筋很靈活，點點滴滴，回憶起來都很清楚，我問她說：

「當時這宗案子，究竟偵破了沒有？」

「當時啊，我跟著丈夫南調瞿州，」她說：「京滬的報紙，我並不常看，不過，聽南京來的朋友傳講，命案是偵破了，幾個男學生害的，至於冤魂出現的事，我是深信不疑，林太太一家事先並不曉得這回事，沒有來由撒這個謊，女傭楊涵英確實沒替林家大先生開門，嗨，當時怕住這種古老的宅子，如今想住都住不到嘍。」

她這樣深沈的嘆喟著。

鬼孽緣

駐軍高營長下令，要把他屬下的葉排長砍頭示眾，這使得整個街坊全轟動起來，有的認爲高營長御下太嚴，有的替葉排長可惜；前不久，隊伍拉到劉古寨去圍剿土匪卜老腰，葉排長還領頭衝鋒陷陣，切了兩籮筐的人頭，擔回鎭上來，全鎭的人都盛讚他的英勇，誰知回來不久，就因爲一宗和民女通姦的案子，受了軍法處置。

照理說，葉排長正是血氣方剛的年歲，人又長得俊美英昂，鎭上的女孩，誰見著也都會多瞄他一眼，北街李家豆漿舖老闆李廷禧家裡，有三個如花似玉的閨女，大的一個叫金姐，長辮子拖到屁股梢，一副葫蘆瓶似的好身材，兩隻黑眼水汪汪的，一笑一口整齊的白牙，最是迷人；葉排長是到舖裡吃豆漿和她認識的，金姐先是有意上來和他搭訕，後來兩個就好起來了的。

人說：女追男，隔層紙，男追女，隔重山。鎭上許多人都認爲是金姐先勾引葉排長的，管它誰先勾引誰，一般通姦罪，最重也不過是挨頓板子，坐一兩年大牢，沒聽說要被砍腦袋的。

鎭長爲這事，約合了仕紳多人，聯名央懇高營長網開一面，放葉排長一條生路，但高營長說什麼也不答應，說是再三申令過，凡無故擾民一律處死，何況涉及姦情，做官長的帶頭犯律，更該加倍處分，毫無寬假餘地！做老民的不懂得軍法，葉排長當天就被架到東門外砍了頭，掛在竿頭示眾啦。

和葉排長同事的軍官，念著同僚的情誼，大夥兒湊錢替他裝棺入殮，燒紙化箔，並把那口黑漆棺材，寄託在東街火星廟裡，打信給葉排長遠在北地的家屬來領棺回里。

葉排長這樣送了命，街坊都責怨起豆漿舖的老闆李廷禧來啦，說他養女不教，迷惑年輕漢子，害得葉排長身首異處，實在罪過。

李廷禧是個古板人，哪能受得了這些言語，回家就大罵金姐有辱門風。

他氣指著大閨女說：

「妳這發騷的賤貨，貪圖一時快活，把葉排長的命給送掉了，人家是行伍升官，血汗拚出來的一點前程，不但毀在妳手上，連腦袋也弄丟了，妳害人性命，能安心睡得著覺嗎？」

「爹，我是喜歡他，才甘心跟他要好的，」女兒哭得一把眼淚一把鼻涕的說：「我要是事先想到有這等結果，哪敢害他來？既然害了他，我寧願把命賠上，到陰間做夫妻，他高營長還管得著嗎？」

「妳這小沒廉恥的，要死儘管去死！」李廷禧罵說：「妳賴著不死，我們全家在鎮上都沒法抬頭哩。」

李廷禧當然人在氣頭上，說了幾句氣話，誰知金姐羞憤交加，當夜就上吊吊死了，因爲她也是凶死，做爹的只好買口薄棺裝殮了她，把她的棺木寄放在北街三元宮裡，距離葉排長停柩的火星廟，約莫有兩里多地。

好好歹歹，事情就這麼過去了。

這兩人死後不久，火星廟附近的張家搭屋，請了東鄉的顧木匠來做工，顧木匠白天在張家幹活，夜來無宿處，就看中了火星廟，那座廟不算很大，後面一座正殿，供的是三隻眼的火神老爺，東廊房停了一口寄放的黑漆棺，西廊房空著，前屋一邊，有個半瞎的老廟祝在住著，那時正是初夏天氣，廟裡空曠風涼，他就找老廟祝商量借宿的事。

「暫時借宿不要緊，」老廟祝說：「你可不能仰臉八叉的躺在正殿，衝撞了火神爺可不是耍的，東廊寄放的是葉排長的靈柩，被砍了頭的凶死鬼，你最好甭驚動他，只有西廊房空著，你就睡那邊好了。」

顧木匠原先也不以爲意，拖了張涼蓆，就在西廊房的方磚地上睡了，月色朗朗的照在院子裡，西廊房的窗前有棵梧桐樹，葉影搖呀搖的，一陣風來，就響起一片沙沙，他自打聽說東廊躺的是被砍了腦袋的葉排長，心裡就有些懸懸的，不大定當，打從門口朝東望，黑影中的那口棺材還真很陰森。

它娘的，半夜三更，它要是作起怪來怎麼辦呢？他心裡暗自盤算著，抬頭看看，這西廊房頂上還有半間小閣樓，靠牆有一架木梯子。算了，我還是睡到上面去，萬一有什麼風吹草動，上面較爲安穩些。

顧木匠拖著草蓆睡到閣樓上去，閣樓上有扇小窗，人躺在窗邊，正對著東廊下的那口黑漆棺材，他半瞇著眼，都能看到那邊的動靜，他因爲做了整天的木工，也真夠累，躺著躺著，也就睡著了。

約莫到了三更初起的時分，他突然被一種聲響吵醒了，他睜眼朝外看，那響聲顯然是從東廊房傳出來的，咯吱，咯吱，分明是棺蓋移動聲。

不錯，有什麼東西在裡頭推動棺蓋，逐漸的推開來了，呼的從裡面坐起一具沒頭的屍體來，那屍體雙手捧著它自己的頭，像戴帽子似的，把它罩在斷頸上，站起身跨出棺來，三腳兩步走到月亮地裡，又彷彿嫌那顆腦袋放得不夠端正，朝左移一移，朝右扭一扭，這才慢吞吞的朝廟外走去。

這顧木匠也算是個有膽氣的，雖然有些駭懼，但並沒被這情形嚇倒，反而好奇起來，看光景，這具把腦袋接到脖子上的屍體，並不像一般傳說中亂蹦亂跳的殭屍，它半夜裝上腦袋，爬出棺木，究竟要去哪兒，幹什麼去呢？管它娘的，我不如遠遠尾著它，看它到底去哪兒，玩的是什麼把戲？

顧木匠心念一動，果真穿上鞋，悄悄爬下木梯，一路追出去了。

外面月光很朗亮，他看見那個穿葬衣的屍體，沿著圩崗腳的那條路，一直朝北邊走，路邊都是柳樹行子，他就利用樹影，遠遠的跟著，這樣走了好一會兒，來到北街的三元宮門口了。

三元宮很廣大，但四邊都是只有半人高的矮牆，那屍體翻過矮牆，站在正殿一側，輕輕的拍響巴掌；不一會工夫，咯吱咯吱的，廊下一陣棺蓋響，棺木裡站起一具女屍，穿著大紅的衫裙，走出來和那男屍摟頭抱腰，親嘴砸舌。

乖隆冬，原來是李家金姐，她生前和葉排長要好，這倆人雖都做了鬼，也要在夜晚幽會。不成不成，顧木匠心裡說：這種熱鬧可不能看呆了，萬一被鬼給看見，我這條小命保準沒了。

他趕緊縮頭躬腰，返身朝火星廟奔去，一路上盤算著，不妙，這兩個雖看來不像殭屍，其實也都是通靈的殭屍了，若要鎮上街坊安靖，非想法子鎮住它們不可。

他學木工時，老師父就告訴過他，甭小瞧木尺和墨斗，這兩樣東西，都是師祖魯班公留下來的，拿它鎮邪，十分的靈驗，於是他急忙把當成枕頭的工具袋打開，取了木尺，把棺木的四邊量過，又用墨斗，把棺木彈上黑線，幹完這事，他就爬到梧桐樹上去，用樹葉遮住身子，等著那殭屍回廟來。

當他喘息初定時，那殭屍果真回來了，繞著東廊房那口黑漆棺材轉了三圈，沒有法子進去，轉身走到院子裡，東尋西找。

定住心神，千萬不要駭怕呀！顧木匠在心裡反覆嘀咕著，但腳下一滑，踩斷了一節枯枝，喀嚓一聲，那殭屍抬起臉，兩隻眼光灼灼的瞧著他啦。

「木匠老爺，木匠老爺，」那殭屍的聲音悶悶的吐話說：「我可沒開罪你，你倒怎麼害我進不得棺？快下來把墨斗印子擦掉，給我一席安身地罷！」

顧木匠這回可被嚇著了，但他心裡梗著一個念頭，對已經成為殭屍的鬼物，既鎮住它，決計不能心軟，要是吃它三句好話哄住，真的爬下樹，替它擦掉墨斗印子，它不掐通我的喉嚨管子才怪呢！他不論那殭屍再怎樣哀求，索性來它個不理不睬。

「顧木匠，你可甭敬酒不吃吃罰酒。」那殭屍變了嗓音恫嚇說：「上箕磨不推，你偏要推下箕磨，我姓葉的並非一盞省油的燈啊！」

木匠是小船沒舵——橫了，軟硬不吃，緊緊抱著樹叉枝兒，半個字的言語全不吐，心裡想：好在天也快亮了，雞也快叫了，你有什麼本領，全都施出來罷，橫豎該死不得活，咱們只有這麼耗著啦。

那殭屍央懇無效，也顯得惶躁不安，繞著梧桐樹打轉，雙手插抱著那棵樹，猛力搖動起來。

殭屍的力氣簡直大過一條蠻牛，顧木匠叫他搖得天旋地轉，他只好從工具袋裡取出繩索，把自己攔腰綑定在樹上；殭屍搖不下他，又悶吼一聲，反手拔下它自己的腦袋，在半空中急速揮舞，舞得一丈方圓之內，全是豆粒大的血點子，然後像拋擲鐵球一般的，用腦袋拋打在顧木匠的脊梁上。

那腦袋像一塊寒冰，打得顧木匠滿心發冷，不由自主的打抖，這還不說，那殭屍再次用腦袋拋打，打中木匠的肩膀時，它居然張開嘴巴，死死的咬進木匠的肩肉，一條臂膀轉瞬之間全變黑啦。

「救命啦！老天菩薩！」木匠啞著嗓子悽叫出聲：「救命啦！高營長啊！」

說也奇，老天菩薩都還沒有高營長靈驗，顧木匠一喊出高營長這三個字，那殭屍便急急用手一招，把腦袋招回去，雙手緊緊的把頭抱在懷裡，同時，它腳步踉蹌，一副想找處地方躲避的樣子，這當口，附近的公雞已經在啼叫了，雞……哦……哦，雞……哦……哦……

那殭屍倉惶的在原地旋轉著，身上發出白霧也似的輕煙，慢慢的寂立在那裡，不再動彈了。

顧木匠是在天亮後，被起床掃院子的老廟祝發現的，老廟祝看到院子裡殭著一具手抱腦袋的屍體，嚇得跌跌爬爬，跑出廟門去呼救，四鄰趕緊拿了掃帚木棍趕的來，把殭屍推倒，這才發覺，梧桐樹的枒叉上，還自綑著一個人，那個人業已口吐白沫暈了過去。有人取長梯上樹，把他揹了下來，才認出他是東鄉來的顧木匠。用熱熱的薑湯灌了他兩碗，抹他胸脯，掐他的脖頸，弄了半個時辰才把他給弄醒，當他說出殭屍幽會的情形之後，一位白鬍子老爹嘆說：

「情這個字，不知困過多少英雄和美人，他們活著的當口，爲情所累，死後仍脫不出情網，葉排長和李家金姐兩個落得這樣淒慘的結局，算是很不幸了，咱們何不說動李廷禧，乾脆把金姐嫁給姓葉的，把兩個屍體放在一起火化掉，也合葬在一道兒，這麼一來，男女幽魂就不必踩著露水珠兒奔波啦！」

「好啊！」大夥兒都這麼說。

從此，東鄉野地上便多了這麼一座墳，不但是真正的冥婚，而且男女骨灰都混在一道兒，變成你骨中有我、我骨中有你啦！有人說：就算它是孽緣罷，能孽到這種程度，真還是絕無僅有羡煞活人呢。

催鬼的魔咒

年關將近，又逢趕集的日子，鎭街上可熱鬧得緊；各種賣年貨的攤子，捱排排的擺滿街廊，有的利用牆壁，張掛起大紅大綠的年畫和長長短短的對聯；挑在竹架上的掛廊紙，迎風飛翻著，賣年貨的叫賣聲起落不停。

街口李家大門前面，人潮更見洶湧，有耍猴戲的，捏麵人的，賣花刀花槍和小唱本兒的，都在空場子上各顯奇能，逗出爆笑和采聲。

但李家的黑漆大門緊閉著，石砌的前庭空寂寂的，只有一些乾葉在風裡飛旋；老宅主李林吾是秋天發的病，幾個月來請遍名醫，病情毫無起色，入了臘月，非但不能起床，每天總要昏迷幾個時辰。

鎭上人都很敬重這位飽學的老儒，他在鎭上設塾教書幾十年，從不計較學童所奉的束脩多寡，日常的生活，全靠鄉下一頃多田地的租糧，偶有荒歉，他又自動的減租，和佃戶們同甘共苦。

老妻病歿後，留給他一個獨子李良生，跟在他身邊讀書好些年，後來也幫著他團館教讀，人都管他叫小李先生，小李先生長得文質彬彬的，爲人十分正派，街坊們都誇讚他有乃父之風。

「正派有什麼用呢？總也不能當飯吃啊！」也有人爲這父子倆搖頭嘆息過：「他們老少兩代，要是會計算，日子也不會過得這樣蕭條，眼看著門戶中落啦。」

認真講，這話說得也不無道理，李家的人丁單薄，又不懂得積賺，偌大的宅院半荒著，連僕傭也請不起，蕭蕭瑟瑟的，嗅不出半點旺氣。

不過，李林吾老爹可不這麼想，他認為：人生在世，不過數十寒暑，生老病死人人難免，只要俯仰無愧，心安理得，這一輩子就不算白活了；生前該做的就得及時去做，不要等到伸腿瞪眼，想做也來不及了。

他為了光大儒學，鼓勵鄉人拆毀狐廟，更揭發巫門詐人錢財，使附近一些吃神鬼飯的，恨他入骨，有人傳說，他秋間發病，就是開罪巫門引出來的。

在李家宅院背後的小街口，有個精於術數的巫人，姓侯，人都管他叫侯師傅，他在自宅開設巫堂，凡是陰陽風水，燒豬還願，役鬼驅邪，請仙臨壇，他都包辦，尤獨是新歿的，按例得請他安排葬事，要不然，那家總是遭遇怪事，大大的不祥。

李林吾老爹早就對街坊說過，說那姓侯的非僧非道，他修練的都是邪術，憑術數害人的人，不會有好報的。街坊人等也不是聽不進耳，只是懾於侯師傅的法術，不敢輕易開罪他罷了。

「嘿，李老頭說我邪門兒。」侯師傅也對街坊說：「有一天，他倒下頭來，出殯落葬，還得請我算日子，擺羅盤，這筆殮金，我是賺定他了！」

這天傍午時，李林吾從昏迷中醒過來，李良生在床榻邊伺候著，老爹抓住兒子的手，有氣無力的說：

「外頭敲鑼打鼓的，正熱鬧著，又到歲殘了，我知道，我是翻不過這座年關啦。」

「爹，您甭這麼說。」良生說：「就算多賣幾畝田地，也得要把您的病醫好啊。」

「有人暗中用魘術坑害我，」老爹說：「八成是後街口姓侯的巫師，我一向崇儒破邪，他恨得牙癢，趁我年老力衰，他正好藉機報復我。」

「有什麼跡象嗎？」

「有。」老爹喘咳一陣，示意要兒子扶他半躺著說：「我每天昏迷，並非人事不知，我總看見一個臉黃黃的煞神，穿一身白麻布的袍子，手裡握著哭喪棒，站在那邊的門口，瞪瞪的瞧著我，大白天見煞，我活不久了。」

「爹，那是您身子虛弱，精神恍惚。」良生說：「您見到的，只是幻象，並不是真的，就算真的見著煞神，和姓侯的又有什麼牽連呢？」

「不。」老爹說：「我自問生平沒有虧欠，就算壽限到了，也該由鬼卒持著牌示來拘魂，再怎麼也不該犯煞的。你要記得，姓侯的巫師確實有邪術，能驅神役鬼，那麻衣煞，是他遣來的，他一心想等我死後，狠狠的敲詐你，藉機會大撈一筆，你可不能中了他的圈套啊！」

「爹，您千萬甭朝壞處想。」良生說：「暫時把姓侯的放在一邊，全心治病要緊哪！」

良生果然在年關前賣掉一筆田產，立即請人到縣城去延醫，等到醫生請進門，李林吾老爹業已大瞪兩眼嚥了氣，回天乏術了。

良生用這筆錢爲做爹的舉喪，他親到縣城備辦棺木、壽衣，也在城裡找了南方先生（即風水師），來替李老爹卜地營葬。

棺木封釘，停靈在宅裡待葬，這消息傳到後街口侯師傅的耳朵裡，他當然老大的不是滋味，當下就怒沖沖的買了一幫紙錢，入門弔祭來了。

他在靈前行了禮，對跪在一旁的孝子說：

「噯呀，小李先生，尊翁犯煞，沒能施術消解，你放著我不找，偏要到外埠請人卜葬，我算準了，你就要大禍臨頭啦。」

「大夥都是老街坊了，侯師傅，」良生說：「您來弔祭我爹，我不能不講究做人的禮數，閉門不納。您也用不著在這當口危言聳聽，人常說：是福不是禍，是禍躲不過，我這人，是一向不信邪的。」

「你家老爹生前，不是也不信邪的麼？」姓侯的巫師說：「不信，你敢一個人守在棺材旁邊，你就會明白了。」

「子守父靈，是天經地義的事，」良生說：「我哪有不敢的道理，您走罷！」

姓侯的巫師嘿嘿的冷笑著，被良生揮手趕出門去了，約莫過了半個時辰，有個身穿古舊灰白道袍，面貌清癯的老道士，頭挽著頂心髻，口宣著「無量壽佛」，來到靈堂前行禮，良生答謝後，這才認出這道士是老爹生前的棋友，在鎮郊鐵樹宮做住持的。

「人生真是變幻無常，」老道士喟嘆著：「我原想順道探訪老爹，陪他下局棋的，到了鎮上，才聽街坊說起，你可要節哀保重。咦？小李先生，我瞧你神色晦暗，必定有人要在暗中計算於你，你得當心啊！」

良生經他這樣一說，覺得十分駭異，對老道士再行叩拜說：

「老道爺，您真箇是法眼通明，確實有人拿話恐嚇於我呢。」

他當下就把後街口巫堂侯師傅來宅恐嚇，自己不信邪，侯師傅便和自己口頭打賭，若是自己單獨守靈，必有災殃的事，源源本本對老道人說了。

老道士聽了，嘆口氣說：「你答允他，正好進了他的圈套，你得潛伏在棺材下面，遇到任何動靜都不能動彈，你照我的話去做，可能逃過這一劫，你千萬記住了。」

老道士說了這話，就袍袖飄風的走掉了。

良生有些將信將疑的迷惘，這許多年來，各類恐怖的傳言，他確實聽了不少，但駭人心魄的事，他卻從來沒有遇到過，他一再考慮，老道士沒來由誑騙自己，莫如按照他的叮囑，先匿到棺材的底下再講。

停柩在靈堂的棺木，下面橫有兩條棗木長凳，使柩身懸空，良生拖了一條草蓆，蓆上墊了軟褥。天落黑後，他便爬了進去，悄悄的等待著。院落外的街上，遠遠聽見孩子們歡喜笑鬧聲。偶爾有沖天炮的光弧昇起，在家家戶戶準備迎年的時刻，更顯出宅裡的靜謐淒清。

夜朝深處走，市聲逐漸隱沒了。寒風旋起乾葉，在空中窸窣著，靈柩前的白木案上，兩支素燭的燄舌飄搖，那一盞倒頭燈，也陰戚戚的眨著眼。

爲老爹的喪事，連著忙碌了好幾天，良生也累得身心俱疲了，躺在靈柩下面，眼皮顯得分外沉重，幾幾乎就要睡著啦，不過，他心裡梗著懸而未決的事情，恍惚之際，他就用牙齒使勁的咬舌頭，硬把自己咬醒，他倒要看看，究竟會發生什麼怪事?!

他這樣等到三更天，忽然聽到匡啷一聲，那分明是棺材蓋被推動的聲音，他心陡的朝下一沉，難道會有傳說中的屍變?!

事實證明他猜想的不錯，棺中的殭屍，真有使人意想不到的力量，連著推了三回，把封棺的長釘盡數拔起，蹩然跳出棺來，燈燭的光暈，把他奇幻怪異的影子留在牆壁上。

良生從沒見過這樣可怕的情景，那殭屍翹著白鬍子，兩眼直瞋瞋的，四面瞧看，彷彿在尋找什麼，他的長指甲微帶捲曲，手指屈成鉤爪，萬一叫他扼住頸項，想活命可是難上加難啦。幸好鐵樹宮老道士來的正是時候，教他匿伏在棺材下面，等於是救了他一命。

殭屍繞著靈堂，前蹦後跳轉了兩大圈，沒找到他所要找的，聽到第一聲寒雞啼叫，這才爬進棺材裡去，自把棺蓋給蓋上，這一夜，就這麼有驚無險的過去了。

二天一早，聽到有人敲門，良生拔開門子，當面站著巫堂姓侯的；姓侯的見了他，面露驚詫之色說：

「小李先生，算你福大命大，沒想到你還會活著。」

「哼，你以爲人是紙紮的，就這麼容易死嗎？」

「少把滿話說在前頭，」姓侯的說：「我替你算過卦，犯煞的人，早晚逃不過一劫，你單獨在靈堂再睡一夜看看，我想你是不敢的了。」

良生心想：你又來那套激將法啦，好在有老道士教他的方法，再睡一夜又何妨呢。

「有什麼不敢的？」良生說：「你等著，明早我還會替你開門的！」說著，砰的一聲就把門給關上了。

他剛回宅裡坐定，外面又有人敲門；他開門看時，來的卻是鐵樹宮的老道士。

「老道爺。」良生一把抓住老道士說：「昨夜虧得你指點，棺裡出殭屍，差點把我捏扁啦。」

「這全是姓侯的在暗中搗鬼，你不明白嗎？」老道士說：「他沒計算到你會藏到棺材下面，今天夜晚，你得換個地方啦。」

「我換哪裡好呢？」

「記著，天一落黑，你要睡在靈堂裡面的大匟上，身子緊捱著牆，不管外間起了什麼動靜，你都不要動彈。」老道士說：「姓侯的要是再激你，甭再答允他了。」

二天夜晚，良生按照老道士的囑咐，在靈堂後面的大匟上展開鋪蓋，勉力睡了下來。睡到半夜裡，冷風繞著棺木打旋，殭屍果真又掀開棺蓋蹦出來了！老道士估量得不錯，殭屍走出來的頭一宗事，就是直趨棺底，看看有沒有人躺在那兒。由於殭屍的動作不靈便，光是這一宗，就耗去他一個時辰。

棺底沒有人，殭屍才又繞室蹦跳，最後站到大匠前面，兩眼光灼灼的盯在良生的身上。良生緊縮著身體，背靠著牆，他想得到，老爹的屍體並不是真正的殭屍，硬是被姓侯的用符咒催動的，不是殭屍也變成殭屍了。

那殭屍舉起鉤爪，一副想攫人的模樣，但他手臂不夠長，幾次抓來，都搆不到良生，他又想舉足登床，但兩條腿僵硬，移不動，這樣僵持了一個更次，雞又啼叫了，殭屍只得退縮進棺，使良生又度過了一關。

天亮後，侯巫師又來叫門，良生開門見了他，揚揚自詡說：

「怎麼樣？邪法總是勝不得正法的。」

「哼，你不要仗著背後有人撐腰，就能逃過劫數了。」侯師傅咬著牙，憤憤然的說：「你若敢單獨再住一宿不出岔事，我就算栽，砸掉巫堂的招牌，從此不在鎮上混飯吃了。」

良生本待不答允他，又不願被姓侯的恥笑，仗著背後有法力高深的老道士援手，勉強點頭答允下來。

姓侯的剛走不久，老道士就來了，他彷彿已經知道，冷著臉說：

「你不聽我的告誡，今天夜晚真是太危險了，姓侯的修練邪術多年，嚥不下這口氣，他必會竭盡秘法來坑害你，這該怎麼辦呢?!」

良生瞧著老道士那副焦急的模樣，曉得事態嚴重，不禁也著了慌，老道士在靈堂內外轉了幾圈，抬頭看了看頭頂上的橫梁說：

「我看，今夜只能委屈你，爬到梁上去蹲上一夜了，我這裡有一根火繩，三枚爆仗，到了情況最危急的辰光，你就點燃它，朝殭屍身上扔過去，好歹試試看罷。」

老道士走後，良生力持鎮定，等到天一落黑，他就爬到橫梁上面，燃著了火繩兒，把三枚爆竹揣在懷裡，如臨大敵似的等待著。

時辰慢慢的過去，二更過後不久，棺蓋被推開了，穿著壽袍的殭屍又蹦了出來，這一回，殭屍的動作，要比前兩夜靈活得多，裡裡外外的跳踉不休，抬頭看見蹲在梁上的良生，便發力朝上騰跳。

也許是受了厲害的邪法禁制，殭屍初次騰跳便跳有四尺高，鉤爪幾乎要觸到梁柱了，他連著騰跳三次，便撕破了良生的衣角。良生一瞧情形不對，急忙點燃爆竹，對著殭屍直扔過去，轟的一聲，硝煙滿室，紙屑紛飛，那殭屍搖搖晃晃的退到棺後去。良生恍然覺出，老道士給他這三枚爆竹，就是要拖時間，他絕不能很快把它放完。

殭屍歇了一陣，又蹦上前來，朝上騰躍，抓攫如前，良生縮著身子，像猴兒一般的閃躲著，萬不得已時，才點燃第二枚爆竹，又把殭屍震退到棺旁去。

好不容易捱到最後一枚爆竹放完，寒雞總算啼叫了，那殭屍跳進棺去，蓋上棺蓋，一切又恢復寂然了。

天亮之後，良生爬下橫梁，等著姓侯的巫師來宅，一等不來，再等還是不來，他便邀聚鄰舍，一起到後街口的巫堂去。

遠遠便看見巫堂的兩扇門，彷彿遭了雷劈一般，被震得東倒西歪，裡面更是硝煙瀰漫，一股觸鼻的硫磺氣味；姓侯的巫師仰躺在一把交椅上，臉變成醬紫色，齜著牙，圓睜著眼，七竅流血死在那兒，光景十分淒慘可怖，他是存心害人沒害著，反倒害死了他自己。

老李先生出殯落葬後，良生照樣開館教讀，而鎮上的巫門，卻頓然敗落，沒人再加理會了。

傳形

幾百年歷史的老街老巷，高高矮矮的房舍都顯得灰蒼蒼的，那時光，沒聽說有照相這種玩意兒，後來聽講這種西洋玩意兒傳到了上海，喀嚓一聲，就能把人的影像攝在玻璃板上，那叫底片，你舉起它，對著太陽細看，臉頰紅紅的，都是血跡，因此，有人說：西洋照相，是用魔眼攝取人的血液和精魄，每攝一次像，人的精神便會大大的損耗，吃上半個月的十全大補丸，也未必能補得回來。

各地的神巫，更危言聳聽，告誡老弱婦孺，千萬不要進照相館攝影；但上海總歸是上海，鄉下根本沒見到什麼照相，北街有個店面，招牌上寫的是「李二玄傳形館」，有些人真還弄不清，「傳形」兩個字，究竟是什麼意思，其實，李二玄是個專門繪人像的畫工，在沒有照相行業的年代，人要留影，只有找「傳形館」的畫工去畫了。

實在說，李二玄吃這行飯也夠苦的，鄉下的窮角落裡，人都活得窮困，為修五臟廟，業已累得人腰疼背彎，活到老年，連鏡子也沒照過幾回，花好幾斗糧食的高價，請畫工傳形，那才是神經病，讓人笑掉大牙，把個苦瓜皺臉的形傳給誰看？

當然，肯進傳形館大把花錢的，照樣是大有人在，一種是原先窮困，得了暴財發家的暴發戶，為了顯示他們能夠光宗耀祖，花重金把李二玄請了去，口述他們祖宗三代的大致形貌，讓畫工逐一繪妥，供在大廳背後的神案上。

在李二玄認為，這類的人像最是好畫，因為暴發戶本人，也並不知道他祖父和曾祖父是什麼樣子，至於他爹，只要照暴發戶本人的樣子，略微畫老一點，加一撮山羊鬍子或是八字鬍子就行。

有些暴發戶，本身粗魯不文，倒吊他三天，嘴裡也滴不出半滴墨水，他們就特別關照李二玄，把他們的祖先畫得斯文雅氣些，有那麼一點書香味兒，掩一掩他們的低俗；有些猥瑣不堪的傢伙，希望畫工把他們祖先畫得威武雄壯，好似開國的馬上君王；有些從來沒做官的人家，懇求李二玄把他們祖先畫得紅袍官服，看來官味十足，好在來宅的客人，也不會翻他們的家譜，追究他們祖先是殺豬還是屠狗，面子上過得去就好。

這一行幹得久了，李二玄把這些暴發戶的心理摸得透透，只要你們肯給錢，你們要什麼樣的祖宗，我就給你們什麼樣的祖宗，趙匡胤、朱洪武，更早一些的劉邦和李世民，全都改名換姓進了那些人家當祖宗啦，有時候，兩家祖先畫得一個樣兒，只是衣裳的顏色、鬍子的形式略加改動，也就交得了差。

李二玄計算過，即使日後照相館開到鄉下來，也影響不到他的飯碗，那些進棺人士的祖先，怎麼攝影來？

另一種是豪富人家，老太爺過七十，過八十大壽了，老夫妻加上姨太太，兒子媳婦加上孫兒女，要畫闔家歡慶的畫兒，這得要些真本事硬功夫了，你不能打底兒慢慢描繪，老太爺尿泡繫子短，一會兒要扶上馬桶，小傢伙愛動彈，不是抓耳撓腮，就是奔來跑去，抓不準他們的模樣，畫得不太像還沒關係，但總不能太離譜兒，李二玄對這類主顧，也有他的方法，他會把老的畫年輕點兒，醜的畫美點兒，瘦乾的畫豐潤點兒，肥胖的畫清瘦點兒，至於孩子，一律畫成金童玉女型的，照樣樂呵呵的過得了關。

還有一種，就是老人病況危篤，或是業已嚥氣了，孝男孝女請他去畫遺像，那倒比較容易，因為病家和死人不會亂動，只要把病人畫成好端端的人，把死人兩眼畫得睜開，再帶點兒笑容就成，至於收費高低，端看對方家境如何而定，並沒準兒。

李二玄搞傳形這一行，經驗老到還不算，他更打師傅那兒，學會了一種叫做「驢打滾」的法術，那就是當有請他為其遠祖畫像，又描述不出遠祖模樣時，他便在密室中焚香禱告，畫符唸咒，然後就地打了一個滾，閉上眼，喃喃說出對方遠祖的模樣，照著畫了出來。

這種法術，使街坊上嘖嘖稱奇，其實，也有人懷疑這只是李二玄招徠顧客的另一項花招而已，好在對方遠祖沒有人看到過，他怎麼說就怎麼算，誰又能拆穿他的把戲呢？

「信不信是另一回事。」李二玄也公開對懷疑他的人說：「我傳形畫像，只賺一份手工錢，並不敲詐別人的錢財，這是姜太公釣魚——願者上鉤，認定我畫得不好，城裡傳形館又不只是我一家，儘管找旁人去啊！」

李二玄倒不是自誇，四鄉八鎮都認為他是傳形畫像的高手，找他的人多的是，這行飯，他算吃得很安穩。

那年冬初，住在李二玄傳形館附近的郭老爹病死了，嚥氣的時刻，正逢深夜，郭老爹身邊只有一個做藥材生意的兒子郭維人，父子兩人住在一棟破舊的木樓裡。

做爹的病死了，郭維人哭泣了一陣，帶著一筆錢，趕到東街喬家棺材舖去選棺木。出門後，想到要請李二玄來替老父傳形畫像，這得要費不少時辰，他就去敲打隔鄰季老嬸家的門，託她幫忙去請李二玄。

「除了買棺，我還得請工匠來，準備替老爹換衣裝殮，麻煩老嬸，央託李二玄畫師趁夜來傳形畫像，免得誤了入殮的時辰。」

「唉，郭老爹是個一生寒素的老好人，」季老嬸說：「人說遠親不如近鄰，你家人手單薄，有事我自該幫忙；你且放心去辦你的事，請李二玄畫像，我幫你跑一趟。」

季老嬸小腳踹踹的，跑到北街「李二玄傳形館」，費力的擂門，把業已睡熟的李二玄拍醒，披起衣裳，掌燈開門，見是老街坊季老嬸，便說：

「季家老嬸，什麼事這麼急法？」

「我的緊鄰郭老爹病死啦！」季老嬸說：「小郭先生忙著去買棺木，託我來請你去傳形畫像呢。」

每個行業都有不成文的規矩，替死人畫遺容，可是怠慢不得的，何況乎郭老爹是街坊長輩呢，李二玄當時就對季老嬸說：

「您先請回，莫在冷風裡站著，我穿妥衣裳，收拾收拾畫具，隨後就趕到郭家去，絕不會誤事的。」

李二玄收拾妥當，提了燈籠，匆匆的趕到郭家木樓來，園子靜靜的，大門是虛掩著的，木樓下面客廳裡，點著一盞油燈，他想到孝子忙著備辦棺木出門去了，家裡沒有守宅的人，郭老爹恐怕還停屍在樓上罷；他拎著燈籠爬到樓上，樓上的開間果然停著冷凳。（**註：死人屍體停放的木榻，俗稱冷凳。**）冷凳上挺著郭老爹的屍體，一邊的方桌上，也放著一盞點亮的油燈。

郭老爹的身上，覆蓋著白色的油光紙，樓上小窗口，絲絲的寒風透進屋來，吹得紙面唰唰的抖動著。李二玄放下燈籠，取下畫具袋子，把畫架立了起來，一切準備就緒之後，他走過去，掀開蒙著屍面的油光紙，端詳著死人的面相，舉筆欲行描繪。

突然地，嘩啦一聲紙響，死人蹶然坐了起來。李二玄的心陡的朝下一沉，以他多年爲人畫遺像的經驗，他明白這是走屍了，如果在白天，四邊的人多，自己當然有逃脫的機會，但這會兒情形不同，四邊並沒旁的人，只有自己和這具殭屍面對著。

遇到這種突發的情況，最要緊的就是沉著，自己不動的話，殭屍也不會動，但那殭屍眉撐肉皺，一副蠢蠢欲動的樣子，著實令人駭怕，他嚥了一口唾沫，心裡在想：我要是轉身朝樓下奔跑，這殭屍必定會迅疾如風的躍起來追逐我，也許我還沒奔到樓下，殭屍就會追上來，掐斷我的頸子，與其被它追逐，不如緊咬牙根撐持著，先畫它再講。

他提起筆來，在紙面上一筆筆的描畫，奇怪的是，那殭屍竟也學著他的姿勢，把右手握著，舉在半空裡，認真的比劃起來。

這真是嚇死人的時刻，一個畫工和一具殭屍面對面的畫畫兒，李二玄自覺胸口涼涼的，頭上卻冒著虛汗，握筆的手不停的打抖。

「樓下有人嗎？有人沒有？」他邊畫邊說。

殭屍也學他張開口，露出幾顆老黃牙。

這種恐怖的場景，李二玄活了半輩子，還是頭一遭遇到過，心裡不得不暗暗的叫苦，估量得這才三更多天，離天亮還早著吶，孝子去備辦棺木，也不知何時才能回來，自己已嚇得心膽俱碎了，這樣再捱下去，不暈倒才怪呢！

正在絕望之際，忽然聽到一陣急促的腳步聲，從院子走到樓下的屋裡來，緊接著，格登格登的爬樓梯了。

「是誰啊？」他朝樓梯口發話說。

「是我。」那是孝子郭維人的聲音：「李畫師，您已經來啦。」

兩人正問答之間，郭維人已經走上樓來，抬眼瞧見老爹已變成殭屍，正和李二玄兩個相對的比劃，他嚇得口吐白沫，轟的一聲就暈厥在地板上了。

「嗨，真是沒用的東西。」李二玄在心裡罵了一句。但罵也沒有用，郭維人已經人事不省，根本幫不上他的忙啦！

這種孤絕的情境，又延續了半個更次，李二玄額頭的汗珠，兩三次滴落到手背上，他自覺房屋有些旋轉，也許很快他也要暈倒了。

這時刻，他聽見抬棺工人的腳步聲和吆喝聲，他們估量著至少有四五個人，他又聽見季老嬸在門口和工人打著招呼，要他們把棺木抬到屋裡來。

「不知道小郭先生回來沒有？」工頭說。

「我想該回來啦，李二玄畫師也在樓上替郭老爹畫遺像呢。」棺材抬進屋來，季家老嬸單獨爬上樓梯，一邊叫著：

「小郭先生，李畫師，你們都在嗎？」

「都在啊！」李二玄答應著。

他還沒來得及警告季家老嬸，對方已經爬到樓梯口了，她抬眼這麼一看，哎喲，床上坐著一個，床尾站著一個，地上又躺著一個，一聲哎喲還沒叫出口呢，咕叮咚地就從樓梯口滾落下去了。

抬棺來的工頭，算是經驗老到，一瞧情形有異，立刻圈起手，朝樓上放聲喊說：

「嗳，李畫師，上面是怎麼啦？」

「你們最好帶一支掃把上來。」李二玄說。

這是最通俗的暗語，鄉下的人，人人都知道古老的傳說，對付殭屍最好的方法，就是用掃把把它打倒，並且用力壓住它，如此一來，殭屍就再也起不來了。

工頭聽到李二玄這麼一說，立即答應，他們分別找了兩把竹掃帚，登登的爬上梯來，兩個壯漢一聲吶喊，用掃把將殭屍打倒，兩支掃把交叉的壓在殭屍的胸口上，工頭又招呼後面跟上來的人說：

「你們火速去找一張魚網來，把殭屍罩住，著人趕急熬薑湯，樓下的季家老嬸，樓上的小郭先生，都得要薑湯灌救呢。」

「啊，你們要再晚來一步，只怕連我都撐不住啦！」李二玄兩腳軟塌塌的，吁出一口大氣說：「我這半輩子，今天夜晚最難捱呢。」

「哎呀呀，李二叔，」工頭瞧見李二玄畫的畫，不禁脫口叫出來說：「這是您傳形畫出來的畫嗎？怎麼每一筆都在發抖變形，您瞧，這張臉好像是水波上的影子呢。」

「算了。」李二玄說：「這張傳形畫像，我免費送給孝子，一個子兒全不要啦！哪位大哥有力氣，扶我一把，讓我好下樓回家。」

郭老爹是在裝棺後，抬到鎮郊火葬了的，人們都相信，殭屍若不用烈火焚化，隨棺入土，日後還會作怪。郭維人確實是個孝子，仍然把李二玄畫的那幅畫像供奉起來，人們看了，雖覺得畫得有些離譜，不過，想想李二玄單獨一個人面對殭屍，竟然還能畫得出畫來，不能不佩服他的膽氣。

不過，經過這恐怖的一夜之後，李二玄傳形館的門邊，加了一塊木牌，上面寫著：

「本館繪製遺像，僅限白天，夜晚恕難應命。」

可見人的膽氣再大，還是禁不起嚇的。

要是李二玄收徒弟，讓你夜晚爲死人畫遺像，你敢去嗎？遇上殭屍不尿濕褲子，就算你是有膽的了。

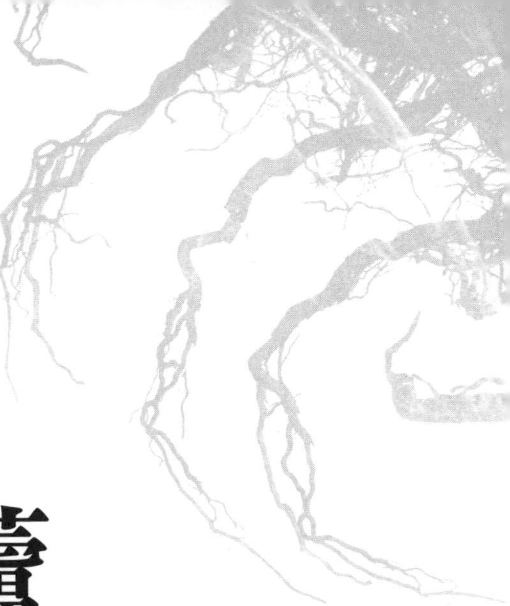

蘆刮刮巷

北方城鎮，常有些怪氣的地名，楊州新城的城郊，有一條很荒涼冷僻的巷子，因鄰著生長大片蘆葦的水澤，蘆叢當中，有一種黑色的野鳥，叫起來聲音粗啞嘹喨，一聲遞一聲的：刮刮，刮刮，人們就稱牠為蘆刮刮，而這條巷子，也就叫做蘆刮刮巷了。

水澤附近，有座古老的亂葬崗子，一眼望不到邊，都是高高矮矮的墳頭，到了夜晚，鬼火隨風亂滾，有時順著風，能滾到巷子裡來，三五成團的，盤旋在人家的門斗子上，有些膽小的居民，夜晚全不敢出門。

靠邊一家是李一鍋的家宅，李一鍋原籍浙江，早年做販賣布疋的生意，後來懶於兩地奔波，就把家小接的來，在當地安家落戶，說來也有十來年了，李一鍋的兒子李洛本，業已娶了媳婦，女兒李眉也許了人家，就要出閣了，但李一鍋的心裡並不平靖，原因是出在當年買的這棟房子上。

當時這棟房子出售，開出的價錢低得出奇，他向街坊打聽，才知道這棟房子並非吉屋，原屋主姚聲揚，夫妻倆都是鴉片煙鬼，有一個女兒姚瑛年已及笄，還沒嫁出去，一夜三更左右，姚家夫妻還橫躺在煙鋪上，面對面的吸食鴉片，煙霧騰騰的飄滿一屋，姚聲揚忽然覺得一陣冷風吹過，門開了，見到一個瘦長臉的漢子推門進屋，他正要問話，那人業已走進女兒的臥房。

姚聲揚非常駭怪，披衣起來，追過去探視，就見著燈光驟然變黯變綠，耳邊鬼聲啾啾，他老婆躺在煙榻上，也覺著陰氣逼人，想張口喊叫，但喉嚨像被掐著一樣，光是張開嘴，卻發不出聲音來。

這當兒，閨女姚瑛卻披衣下床，急走如飛，像遭了鬼迷，繞著堂屋轉了一圈，又倒身在煙榻上，朝著半虛空搖手說：

「你甭猴急，我跟你走就是了！」

她一面叫著，一面抓了一條煙土吞了下去。

姚聲揚夫妻根本沒防到女兒會幹這種傻事，當時全被嚇楞了。

蘆刮刮巷地處偏遠，城門關後，無法進城延醫，挨至四更多天，女兒業已手足冰冷的斷了氣。

「我們常聽說：水鬼、吊死鬼討替身的事，但從沒聽說過鴉片煙鬼也來討替身的。」街坊說：「但姚家夫妻講得清清楚楚，他們貼紅條子出賣這棟宅子，價錢才會開得這麼便宜，您要是不信邪，您就買下它好了！」

「鴉片煙鬼也會討替身，我可從沒聽人說過。」李一鍋說道：「我就不信這個邪，買就買啦。」

在家小都還沒接來之前，他確實用低價買下這棟宅院，他們夫妻倆感情彌篤，又沒有吸食鴉片的習慣，當時他還豪氣干雲的說：

「心不偷，涼簌簌，我怕個什麼，什麼也不怕啦！」

十多年過去了，確實沒有任何的變怪，李一鍋更加篤定的認爲：鴉片煙鬼討替身，根本是無稽之談。

不過，蘆刮刮巷有些邪氣倒是真的，他的右鄰，也住著一個浙江流域來的江鴻，有一天，江鴻這小夥子去逛古物街，買回來一條嵌有古玉的腰帶，他得意揚揚的拿給左右鄰舍看，說他很識貨，這條腰帶至少是三百多年前的古物，但過不久，他就用這條腰帶自縊了。

蘆刮刮巷裡，盛傳著太多的鬼故事；說是有個鬼，死纏著巷東施老漢家，施老漢夫妻防範得緊，那鬼得不了手，延到施老漢孫子出世，那鬼還是討了替身。

荒塚裡的鬼，復活在各種傳言裡的，比比皆是，有的是大白天現形的「白日鬼」，夏秋之交的稼禾鬼，專迷醉漢的老酒鬼，但李一鍋全把它當成傳說故事聽，從沒駭怕過。

儘管一家之主穩得住，李家大孀兒卻總把一顆心懸著，當初李一鍋買這宅子，她還帶著孩子留在浙江老家，他根本沒和自己商量，她住進來之後，就覺這屋子陰氣重，感覺上怪不舒坦的，一直到兩年後，她才聽人說起這屋子的原主人姚聲揚家發生的事，她回來問丈夫，李一鍋卻說：

「妳女人家，腦瓜缺紋路，自小到大，妳聽說過水鬼、吊死鬼討替身，有沒有聽說過鴉片煙鬼也討替身的？那姚家的閨女因故服毒是有的，編出一大堆鬼話，我可不相信。」

「信不信是另一回事，」李大孀兒說：「但有人吞煙土，死在這屋裡總是事實，凡是有人凶死的宅子，就不能算是吉屋，我們是有兒有女的人家，住在凶宅裡，怎會安得下心呢？」

「妳要是不放心，改天我找和尚來唸堂經，超度超度它好了。」李一鍋是這麼說了，但他的事情忙碌，說過了也就算了，後來過了許多年，這宅子裡並沒鬧出什麼怪異的事，性情溫厚的李大嬸兒，也沒再嘮叨過。

這廂時，閨女李眉就要出嫁啦，媳婦幫忙，姑嫂倆挑燈趕著縫嫁衣，李一鍋帶著兒子到老城去備辦嫁妝，李大嬸兒上年紀了，精神不濟，兩眼又昏花，上廚去準備點宵夜，就先上床睡了。

姑嫂倆在外間縫縫繡繡的，一面聊著些姑嫂經，約莫到了二更左右罷，忽然覺得背後冷風溜溜的，嫂子以為窗戶忘了關上，正打算停下針線去關窗，頭一抬，見到一個穿著深青襖子、黃裙子的老婆婆，臉皺得跟核桃兒似的，笑得露出焦黃的老牙，衝著姑嫂倆說：

「妳們兩個，一直勞累好幾夜啦，我來幫幫忙，好否？」

兩人當時都手捏針線愣在那兒，閨女只是打寒噤，嫂子想答話，但發不出聲音來，心裡卻有些明白，這個老婆婆的臉從沒見過，她既非三親六故，也不是附近的鄰居，半夜三更，她究竟是打哪兒來的呢？不過，這一霎掠過的意念，叫老婆婆一臉的笑意給攪混了！

「妳們既不需我幫工，我倒有宗東西送給妳們，這東西是長精神的，吃了就日夜不倦啦。」

她說著，打從懷裡摸出個扁長的木匣子來，先把它捧給嫂嫂，嫂嫂搖搖頭，她又轉送給做小姑的，李眉迷迷盹盹的雙手接了。

老婆婆幫她抽開匣蓋，裡面有油光紙包裹著的黑黑的物事，老婆婆用彎曲的長指甲打開那層油光紙，黑色的膏狀物便透出一股濃郁的香味來。

「妳就這麼大口吞上兩口，精神就來啦。」老婆婆附在她耳邊說。

閨女點點頭，捏起那條生煙土來，正打算吞，正巧李一鍋和兒子李洛本進屋來，催她們早點睡覺，李洛本眼尖，一眼看見妹妹捏著煙土匣子，拿著煙土要吞，急忙一把奪了過來，再看看自己的媳婦兒呆坐在一邊，瞪眼張口，像泥塑木雕的一樣，心知有異，便對李一鍋說：

「爹，您看著她們，我去打盆涼水來。」

他們用涼水噴了姑嫂倆的臉，又左右拍打她們的臉頰，折騰好一陣子，才把姑嫂倆弄醒，李一鍋再看，那匣子煙土，原來是一位姓黃的朋友寄放在他家，他親手把它鎖在櫃子裡的，不知怎麼竟會落到女兒的手上，若是自己晚來一步，她搞不好就已吞下去了。

「我說小眉，妳究竟是怎麼了？」李一鍋對女兒說：「眼看就是妳大喜的日子，妳一直歡歡喜喜的忙著縫嫁衣，怎會好端端吞起生煙土來呢?!」

「我說爹，您甭急著責怪妹妹，」媳婦說：「您剛剛進屋的時刻，有沒有見著一個老婆婆走出去呀？」

「老婆婆？妳說什麼樣的老婆婆？」

「她穿的是深藏青的襖子，黃裙子，一大把歲數了，臉皺得跟核桃似的。」閨女說：「這盒子，就是她塞在我手裡的。我當時迷迷糊糊，根本不知道它是要命的生煙土呀！」

「敢情我們是見了鬼啦！」嫂子說：「怨不得當時我渾身發冷，直打寒噤。」

「一點兒也不錯！」李一鍋說：「我原先一直不肯相信的，果真是煙鬼討替身來了。」

家裡的人哪還敢睡覺，燈火通明的守候到天亮，窗外的蘆刮刮鳥一片噪叫聲，把每個人都吵得心煩意亂的。

巷口的小賣舖裡，有個姓尹的老爹是當地最早的住戶，李一鍋在天亮之後，立即趕過去請教他，把當夜所遇的情形，源源本本說給他聽，尹老爹說：

「你不信邪，貪便宜硬買下那宅子，我並不是沒勸過你，你既不肯聽，我也就不好再朝深處說啦！這屋子邪透啦，當年姚聲揚買下它時，就是座凶宅。」

「哦，怨不得姚家遇上凶事，死了女兒。」李一鍋這才有些恍然。

「那是個上海灘來的老寡婦，黃皮寡瘦的一支老煙槍。」尹老爹說：「聽說是戲子出身，早年也大紅大紫的風光過，人老珠黃跟了個男人，偏偏那人又死了，她越混越秋水，臨老窩到蘆刮刮巷來，日夜點著煙燈，猛抽阿芙蓉，末末了，連買煙土的錢也要用光了，她就吞了煙土，死在煙榻上，她的一個遠房姪子來料理後事，跟著貼條子賣屋，姚聲揚才買下它的。」

「奇怪，老鬼死了這多年，怎還不去投胎呢？」

「閻王要准她投胎，她還要討替幹什麼？」尹老爹說：「照這麼看，鴉片鬼死到陰間，總也是被罰討替的了。」

「若真是這樣，那宅子怎麼住得下去呢？」李一鍋急得直抓頭皮：「一個老寡婦，外加姚家的閨女，她們輪流出來坑人，我怎麼防得了啊。」

「對啦，你何不到天寧寺去，找老道爺作法化解呢。」尹老爹說：「鬼若是討替磨人，你父子倆是防不住的，只要有一點疏忽，女眷就會丟命了！」

李一鍋正和尹老爹在說著話，做兒子的李洛本鬼急慌忙奔了過來說：

「爹，爹，不好啦，媳婦不知怎的，又吞進煙土，挺臥在床上快斷氣啦。」

「別呆著，快趕去救人要緊。」尹老爹說。

尹老爹倒是很熱心，和李一鍋一道兒奔到宅裡，媳婦果然臉色青紫，口吐白沫昏厥在床上，李一鍋慌急得不知如何是好。

「不要緊，」尹老爹說：「吞鴉片煙土，用廣東木棉花燒灰，和水灌救，一定救得回來，我店裡就有木棉，跟我去取好了。」

折騰了好半天，總算把媳婦的命給救回來了，問她怎會要吞煙土，她說：

「昨夜熬到天快亮，我看不會再有什麼事，就回房略微閉閉眼，剛剛閉上眼，昨夜那老婆婆又來了，就站在床面前，手裡拿著煙土，跟我說是昨夜忘了告訴我煙土的吃法，吃了就能成仙的，我也不知怎麼就吃了，盒子還在床頭，不是嗎？」

大夥兒一瞧，不錯，裝煙土的木匣子果然又在那兒，李一鍋說：

「鬼就是鬼，倒叫人怎麼防法？這匣煙土，是我打李眉手上奪過來，親自鎖回櫃子裡去的，鬼不用開鎖，就能把東西拿出來，可真是『防不勝防』，我這就去天寧宮找老道爺去啦。」

到了天寧宮見著老道爺，把話說了，老道爺說：

「但凡討替的鬼，並不是孤魂野鬼，它們都是受當地城隍管轄，我只能幫你寫個牒文，你得備上香燭，自己去城隍廟焚燒，求告城隍爺幫你逐鬼，我再有法術，一時還用不上呢！」

「那就請道爺幫我寫牒罷。」李一鍋說：「時辰愈耗下去，它又不知要出什麼樣的鬼把戲來了。」

老道爺聽了他的話，微微笑說：

「鬼討替，不過就是那一套，人的榮辱生死，自有數在，鬼哪有能力去奪數、變數呢？人要不做虧心事，鬼不會鬧宅弄人的，你敢說你販布這多年，沒有欺矇哄騙麼？城隍管不了你家一輩子，得不得救，還靠你自己啊！」

聽了老道爺這一番語含玄機的話，李一鍋窘得滿臉通紅，渾身冒汗，至於他爲何窘成這樣，只怕只有他心裏明白罷。

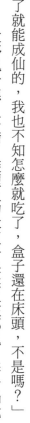

吸血的殭屍

老城靠西門那一帶，十分古老荒落，殘缺了的城門樓子，彷彿是個多感傷的老者，在風裡幽嘆著；尤獨臨到黃昏日落的時分，薄薄的一層暮靄把它包裹著，遠遠看上去，真的是陰戚戚的，帶著一股鬼氣。

這座屢經兵燹的城市，也和別的城市一樣，把校場闢在西關外面，當年的駐軍，總是揀著每年深秋葉落、百草經霜的時刻，在空曠的校場上操練耀武，列隊候檢；後來，又變為縣署處決人犯的地方，亡魂柱子，斷頭樁，仍然插在校場一角；許多老年的翁媼，都還記得起早先劊子手揮刀砍人頭的事，什麼飛賊劉古佛、積盜九節樓、王二花皮也……都是在這兒身首異處的，久而久之，西門一帶鬧鬼的傳聞人人皆知，靠西城處，人煙愈加稀少啦。

真虧老更夫任三有那麼大的膽子，敢一個人睡在城門樓子上，並且每晚走在城西那些幽僻的街巷裡，篤篤的敲打著梆子，啞聲啞氣的喊更。

任三是個孤獨的老頭子，早年幹過馬班的班長，後來在戰場上摔馬跌破了一條腿，轉回來討了更夫的差使，一幹幹了許多年，仍然是孤家寡人。不過，他生性豪爽落拓，喜歡杯中物，巡更前，常到街口小酒鋪去，弄兩小碟花生和滷味，叫兩角子老酒，慢條斯理的咪著，和他的幾個老酒友天南地北地聊聒。

米店的老邵問他說：「任老三，城西陰森森的，一股子鬼氣，你單獨睏在城門樓子上，又在夜晚大街小巷巡更，難道不怕遇上什麼嗎？」

「站著一個人，躺下一座墳。」任三啞聲說：「我有什麼好怕的呢？也不是我的膽氣壯，我只是沒朝那上頭想過，這些年喊更，更沒遇上邪門的物事。真要遇上，也只由著它罷了。」

「你聽說過驢腳伕段小毛遭鬼迷的事罷？」街口的喬鐵匠說：「他可差一點就把命給丟掉呢。」

「人各有命，」任三執拗的說：「段小毛不知幹了什麼有損陰德的事，才會遇上鬼，我自問心裡無虧，跟他就不一樣啦。」

說起段小毛遇鬼的事，也是好幾年前啦，年輕的驢腳伕是個單身漢，住在城西的葛家油舖旁邊，一日昏暮時，他趕驢回屋，掩上門就睡了，二更後，天落了牛毛小雨，一街霧暈暈的，他卻爬起床，扃了門戶，叫喚油舖的葛老嬸幫他聽門，他匆匆忙忙的走到城腳下，爬梯階上城，順著城堞繞向城西南。

三更天，城外的張家糧行的程師爺，忽然聽到轟的一聲響，彷彿一塊大石頭從城上飛墜下來，他急忙喚醒夥計，掌燈瞧看，瞧見屋頂破了個大洞，有個人摔在糧食囤子上，那人沒傷性命，但已摔昏了。

程師爺和店夥都以爲他是小偷，找了麻繩來，打算把他綑了送官，走過去切近照看，認識他是驢腳伕段小毛，用薑湯把他灌醒，送他回家，他一直迷迷糊糊的出聲趕驢，後來他才說出：有人雇他的驢，走的是白花花的大路，怎麼會上城頭摔跌下去的，他全不知道。

「咱們任三哥總是在外頭吃糧的，見多識廣，確實跟段小毛不一樣。」史歪嘴說：「他巡更這多年，沒出過岔子，這就表示鬼還迷不了他。」

「其實這也很難說，」任三旋著酒杯：「照後日子還長著，世上事，誰也不能預先料定啊！」

他們在酒舖裡聊天聒話，也只到天落黑，老更夫任三瞧瞧天色，就站起身道別，照例到城西一帶去巡更了；三番五次的動亂，使這座城市變成這般荒冷，敲梆子巡更，也只是聊盡人事，真若有大股盜匪來襲，誰也阻擋不了，也虧得街坊鄰舍們好心腸，藉著這個名目養活幾個回鄉老去的人。這梆聲，這緩緩的叫喚，能使人安心的入夢，在夢中，接得上往昔太平年的樵鼓更鼓，任三微帶感喟的一轉念，也就安心的敲打起他手上的梆子來。

「篤，篤，鏜！初夏啦，天乾物燥，火燭當心喲！」

這夜的月亮七分滿，月光清清朗朗的，任三背著月亮朝西走，一路踩著自己的影子，背上挑著的燈籠，也在頭頂搖晃著，燈籠的碎光被月色一浸，變得似有還無，幾乎用不著點燃了。

時序初初入秋，才有這樣一串好天氣，他從初更巡至五更，然後回到城門樓子上去補睡一覺，並不覺得累的慌，預計再過上個把來月，天就會變冷，風也會變大，地面上積著乾枯的落葉，索索的飛旋，幾場風雨後，地面會凝霜，隔著鞋底，也覺得出那種寒意；再過去，臨著風雪嚴冬，遍地冰稜，巡更終夜，可就辛苦啦。

「二更啦，」他這般喊叫著，敲幾聲梆子，打響了兩聲鑼：「天乾物燥，火燭當心啊！」

從一條街轉至另一條街，離城腳愈近了，任三認得出那些灰瓦宅院都是誰家的產業；一爿廢了的油坊，大院子裡都生滿了蔓草，只留下宋老爹在照應門戶；一家姓丁的醬園子，勉強維持著門面，後園醬缸多半空著；醬園子再過去，長巷邊是一座不很大的廟宇，廟裡有個青頭白臉、兩眼瞇瞇的和尚，法名虛淨，但看他那樣子，卻有些既不虛又不淨的味道。

任三叫喚了兩個更次，打了個倦意深濃的呵欠，他還沒走到小廟口呢，陡然見著一個人影從廟門裡閃出來，一溜煙似的，竄進長巷就沒了。

怪呀，怪呀！任三心裡唸叨著，這會是偷兒麼？不，偷兒跑進這座窮廟來，有什麼好偷的呢？瞧那黑影長髮飄飄的，像是個女的，會不會是那虛淨和尚有什麼邪約？嗯，真要是這樣，我倒要捉住她，盤問個清楚啦！

那條怪異的黑影子，使老更夫任三起了很大的狐疑，滿腦子胡思亂想，敲更敲到五更時，他特意轉回來，又經過那座小廟，那時天色正是五更青黑，他彷彿又看見那條人影子，一溜煙似的進廟去了。

好個虛淨和尚！你居然敢窩藏婦女在廟裡，任三想：我要把你的醜事張揚出去，只怕你這和尚就做不成啦！

哎，不成！人說捉姦捉雙，抓不著確實把柄，這種話怎麼亂講呢？我不妨先按捺著，白天到廟裡走動走動，看看虛淨那和尚的虛實動靜，夜晚留意捉姦，總會叫我碰上的。

巡完更，任三回到城門樓子上補了一覺，起床已是半下午了；任三心裡有事，提早出門，先拐到小廟去，想悄悄的察看察看動靜。

小廟的廟門大開著，這是一座四合院格式的房舍，後進是正殿，兩邊是廊房，木質的廊柱都有些沉黯衰朽了，廟裡靜靜的，不見一個燒香拜神的人。從西邊射來的陽光，照在東廊的廊簷下，遲遲寂寂的，有一口寄厝在廟裡的黑漆棺材，靠在牆角的陰暗處，棺蓋上滿是浮塵。

任三走到正殿的石階上，探頭朝裡面張望，誰知虛淨已經從西廊房走了出來，口宣佛號說：「原來是任施主，您來上香嗎？」

「噢，呵呵，」任三掉轉臉，乾笑兩聲說：「我是昨夜巡更，遇上一宗蹊蹺事兒，想來請教您啦。」

「您請說。」虛淨滿臉浮著笑容。

「敢問這廟裡，除了您，還有誰在住啊？」任三說著，一面張眼瞅定對方。

「您一眼看得到的，」和尚攤開手掌說：「小廟這丁點地方，只住著貧僧一個人，再沒旁人啦。」

「嗯，昨夜也許我看見偷兒了？不過也不對啊，二更光景打這兒出去，五更不到就溜進來，這是什麼樣的偷兒？他把佛地當成賊窩嗎？」

「不會的。」虛淨說：「也興是您巡更看花眼了，這兒藏不下一個賊吶。」

虛淨央著任三，在正殿和兩側廊房都走了一回。任三發現，這小廟的外表雖很古舊，但裡面打掃得乾乾淨淨，甭說窩藏一個人，連一隻老鼠都無法容身。

「也許真是年紀大了，看花了眼啦！」任三不得不藉此下台階了。

「朝後多留意點兒，」虛淨說：「這兒地曠人稀，也說不定會有宵小出沒的。」

虛淨送任三出來，經過那口寄放的黑漆棺材，任三順口問了一句：「這棺材是誰寄放的啊？」

「噢，久了，久了！」虛淨說：「還是家師坐化之前，北地一位商客寄放的，都有廿來年了罷，也沒見家人來領，您瞧棺蓋上那層灰，積有多厚啦。」

任三出得廟門，搖搖頭，吐了口氣，心裡仍充滿古怪的狐疑，這究竟是怎麼一回事呢？虛淨看上去很鎮靜，不像是窩藏婦女的樣子，那麼，那條黑影又會是誰呢？看花了眼只是遁辭，自己還沒老到那種程度，不會連著兩次都看花了眼的，難道是？難道是遇上了鬼不成？

他坐到小酒館裡，還在怔忡著。

天到黃昏時啦，墜山的太陽用它的餘暉燒著雲，把西天燒成丹丹慘紅，愛咪老酒的老邵和喬鐵匠，也在這當口撞進店裡來啦。

「任老三，你昨晚喊更，沒見著什麼罷？」老邵說。

「你幹嘛問這個？」任三有些詫異起來。

「城西鬧怪事啦，」喬鐵匠說：「許多家丟掉了雞鴨，有人以爲是鬧偷兒了。」

「沒這回事。」任三說：「也興是黃鼠狼拖雞。」

「有那麼簡單？那都沒得說了。」喬鐵匠說：「過後在河溝邊找到大堆雞鴨的屍體，牠們頸子上有尖牙咬破的傷口，那物事只吸掉雞鴨的血。」

「那會是什麼物事？」任三老腔老調的：「這可真是怪事了！」

說是說得輕鬆，不過任三心底的猶疑又朝上翻騰起來啦，昨夜那一溜煙似的人影，小廟東廊的黑漆棺材，他並不想把這兩者連到一起，但死雞死鴨，有牙印的頸子，和當年聽過的古老傳言融混到一起，使他不得不想到那個可怕的字眼——吸血殭屍。

「很可能是鬧殭屍了。」老邵搶著說了出來：「走屍、炸屍，只是行動嚇人，它們還沒成精怪，只有遍體生了長毛的殭屍，是要靠血食養活的，據說它們每到月圓的辰光，就會從棺裡爬出來，去偷人家的雞鴨，吸完牠們的血，再把牠們的屍體扔掉。」

「吸食雞鴨的血，還算是好的，」喬鐵匠接著說：「有的殭屍硬是吸食人血呢。」

饒是任三有些膽量，吃他們這樣一說，背脊也有了幾分寒意了。

「你們甭存心嚇我。」他說：「你們鬼扯一陣，回家鑽熱被窩去了，我卻要大街小巷去敲更，萬一遇上，叫我怎麼辦?!」

「有辦法啊，」喬鐵匠說：「人說，殭屍鬼最怕幾樣東西，一是木匠用的墨彈匣，那是魯班公傳下的法寶，二是打魚人家用的魚網，三是赤豆、鐵屑和生米粒兒，四是掃地用的掃把，這些都能制住它的。」

一場聽風就是雨的閒拉扯，把個殭屍鬼形容得十分恐怖，當任三幾杯酒落肚，恍又覺得荒唐可笑了，天下哪有那麼奇巧的事，丟失一些雞鴨便認定城西鬧了殭屍，天色不是又快到起更時分了麼?還是照例去巡更罷。

任三巡更時，特別留意著小廟口，轉來繞去，可都沒見著什麼，梗在心裡的那個結，始終解不開，他時時都在計算著下一次月圓的日子——傳說殭屍出棺覓求血食的時刻。

「要真是有那玩意，總會叫我遇上的。」他自語著。

臨到月圓前夕，老更夫找了個小布袋子，先到街上去找了一大把赤豆，一大把生米粒兒，又轉到喬家鐵匠鋪，抓了一把鐵屑，這些專制殭屍的東西，天落黑前，他坐在小酒舖裡，多喝幾盅酒壯壯膽子，咬著牙發狠，今夜定要制住那個鬼殭屍。

二更的梆子敲響，任三正好要走向小廟口，就聽廟門咿呀一聲響，一個披髮的人影閃了出來，任三機警的朝後一閃身，退到月光照不到的暗角裡，定睛瞧看，這一回，那人正面對著月光，總算被老更夫看清楚了。他的臉枯黑如臘，兩隻眼窩深深陷下，身材高瘦僵直，一頭長髮披散在肩脊上，他身上穿著寬大的古式壽袍，顏色都已灰敗了，頸子上掛了好些條紙錢和銀錠兒，沒錯的，它確實是一具如假包換的殭屍！

那殭屍立在廟門前也不過一霎時，等它卜定方向，便把袍袖一舉，飛鳥般的直奔出去，轉眼之間，它就沒入在乳朦朦的月色之中，再也看不見啦。

老更夫任三定定神，躡手躡腳的潛行到廟口，趕緊閃到廟裡去，趁著月光走到東廊邊一看，不錯，那口黑漆棺材的棺蓋，確實打開啦，棺裡是空的，不用說，這具殭屍的巢穴正是這口棺；他急忙扯開小布袋子，抓出赤豆、生米粒兒和碎鐵屑，在棺裡棺外密密的撒了幾匝，嘴裡唸唸有詞的說：

「算是冤枉了虛淨和尚啦，原來都是你這鬼東西在作怪，我這就叫你出得去，進不來！」

他把赤豆、生米和鐵屑撒完，悄悄的退出，還隱隱聽得見虛淨和尚在西廊房裡打鼾呢。

爲防殭屍五更回轉，進不了棺，會尋仇報復，任三決意不再繼續巡更了。三更過後，他就轉回城門樓子上，點亮燈火，閉緊窗戶，閂好木門，把銅鑼、竹掃把都放好在床頭，閉上眼假寐。

早些年裡，他在馬班當差吃糧，憑一柄鈍背馬刀東西闖蕩，也曾經歷過不少的陣仗，但像今夜這樣，人和殭屍鬼相鬥，卻從沒有過，饒是他力持鎮定，一顆心還是像十五隻吊桶打水，七上八下的跳個不停。

如果它是殭屍，怎麼會算得到什麼人在它棺材內外撒米撒豆？除非它是精靈怪物，借屍成形。任三不斷的盤算著，假若是這樣，它定會循著生人的氣味，一路尋找過來，找到自己的頭上來的。

不過，算它五更初起時回廟罷，那時天也快亮，雞也快啼叫了，人常說，雞叫一聲，鬼魂入地三尺，那股子剛陽之氣，鬼是抗不住的，算它殭屍再厲害，它也會恐懼雞叫，怕見太陽。對啦，就算殭屍鬼真的找過來，它也最多鬧上半個時辰，捱過那要命的一刻，它也就沒皮調啦。

愈是驚疑駭懼，時辰過得愈慢，好像駱駝穿過針眼似的，有些分秒驚魂；好不容易捱過四更，任三在恍惚中被窗外的聲音驚醒，是起風了，一陣陰冷冷的怪風直捲上城樓來，吹得窗櫺咯咯響，像是在打牙顫，風也在推著門，咯吱咯唷的，在迴旋捲盪的風裡，有尖厲的呼叫聲起自城樓的下面：

「任三爺，任……三……爺！」

不妙，那鬼東西果真找的來了，任三悶住氣，不敢吭聲，樓下的聲音變得更悽厲了：

「任三爺，你好狠心喲！」

「說！你究竟是誰？」任三抓緊竹掃把說。

「你不是明知故問嗎？」那聲音說：「我就是小廟的長眠人，死後寄厝在廟裡，沒有子嗣供奉，長久流落異地，得不著半口血食，因此，我才在每月月圓時刻，出來找些雞鴨吭血，我可沒坑害過活人啦！你今夜施法魘住我，讓我進不了棺，天都快亮啦，再不進棺，我眼看活不成啦，三爺，你高抬貴手，幫幫忙罷……。」

乖乖，它竟然硬的不來，來軟的了；一口一個三爺的叫著，哀懇之情，把任三的肚腸全扯痛了，敢情那殭屍鬼也在計算時辰呢。任三咬緊牙關，死也不開腔。

「任三爺，再沒時辰啦，我跟你何仇何恨，你要這樣對付我呀？」

沒說話的老更夫心裡想：你這業障，我真要出門到廟裡去，把赤豆、生米、鐵屑打掃乾淨了，由你入棺，你必會翻起臉來報復我，對待殭屍鬼，絕不能用婦人之仁，今夜非要撐持到底不可。

任三不答應，殭屍在城樓下飛繞著，越繞風勢愈猛，吹得城門樓子整個都在搖動，嘩啷一聲，一扇窗子被吹開了，冷風撲入面門；任三放開竹掃把，拎起銅鑼來，噹噹噹噹的猛敲，他相信這陣鑼聲，城西的街坊全能聽得見。

鑼聲也壯了他的膽，他跑到窗口，看見那個殭屍還在轉著圈子，袖口和袍角飛舞著，成串的紙錢，像放風箏似的騰到半空，任三發現，殭屍的膝骨不能打彎，它是無法爬上城樓的。

「任三，你這不得好死的！」殭屍大罵起來：「你今夜整死我，日後你定當死得更慘！」

雞在不遠處喔喔的啼喚了，任三還在猛敲著銅鑼。

那具殭屍的動作逐漸緩慢，在群雞相繼的啼喚中，終於面對著城樓僵立不動了。同時，遠處也響起人的雜沓的腳步聲。

當第一道陽光射到殭屍背脊上的時候，它身上的袍服粉碎成飛舞的碎片，裸現出生滿白毛的肢體來，它僵在那兒一動不動，手裡仍抓著一把雞毛，嘴角也還凝著雞血和鴨血……。

「到底薑是老的辣，」米店的老邵最先跑過來，挑起大拇指對任三搖晃說：「這個殭屍，終歸著了你的道兒啦！」

「如今該怎麼辦？」有人說。

「燒啊！」喬鐵匠說：「找魚網包住它，用竹掃把將它推倒，架上柴火，把它化骨揚灰，它就再也無法作怪啦！」

這一夜總算鬧過去了，殭屍也落進熊熊的火燄之中，燒得那股腥臭味瀰漫幾里地，而捉住殭屍鬼的老任三，渾身打抖，從那天起，就不能再巡更了。

活殭

裕昌錢莊的老當家高裕昌，躺在虎皮躺椅上，瞇著兩眼，手捧著黃銅的水煙袋，閒閒的吸著，賬房老程站在他旁邊，打開賬摺兒，向他稟告放債的賬目，哪一戶的印子錢某天某日到期，本利滾算若干，哪一戶遭到瘟疫，全家死絕了，除卻兩間東倒西歪的茅屋，子母錢是難以回收了！

高裕昌聽到這兒，突然打鼻孔哼出兩道冷氣來，用手勢打斷老程的話頭說：

「別以為生瘟害病死了，就想逃得過這筆欠債，你替我寫份討債牒，請城隍廟的和尙做證，燒到城隍那邊去，他們做鬼也得還錢。」

裕昌錢莊之所以發家，全靠老當家高裕昌這種一毛不拔的脾氣，幾十年裡，他放印子錢，以高利盤剝，使他在城裡開設了煙坊、生藥舖、南貨店和綢緞莊大小店舖十多家。越到老年，他對錢財越加計較，一個小錢掉在地上，他會伸手去挖，把地面挖出廂洞來。若是有人膽敢欠了他的，他會千方百計整得你闔宅難安。人到耳順之年了，每天夜晚還要坐在燈底下盤算賬目，害得老賬房把腿都站腫了。

「四鄉的瘟疫鬧得太厲害啦，」老當家的想起什麼來，又關照賬房老程說：「你替我查一查，疫區裡放的錢，儘早替我收回來，等他們死後，向鬼討錢，多麻煩啊！」

「回東家的話，」老程苦著臉說：「如今疫區太大，這本賬冊上的借款戶，染瘟的不在少數，想及時收回本利，恐怕並不那麼容易呢。」

「你端的是誰的飯碗？」高裕昌說：「竟然說出這種話，你若再有呆漏賬目，自行替我捲舖蓋滾蛋，我不想再見著你了。」

當著老東家的面，老程一聲也不敢吭，背轉臉去，便大嘆端人飯碗的艱難，不用說人該有惻隱之心，扯得那麼高遠了，就算不管別人死活硬行討債罷，自己也得成天在瘟疫區裡打轉，拉著瘟神老爺敘交情，時間弄得久了，不染患瘟疫那才怪呢！

若按早年的脾氣，摔了算盤，扔開賬冊，大不了回家重耕二畝老地去，但如今人已老邁，家裡食指浩繁，不能不強嚥下一口氣，要學徒的趕備牲口，拚著老命下鄉收賬去也。

賬房老程去瘟疫區收賬，賬沒收回幾處，卻把瘟疫帶回店裡來了，臨到老程顯露出病象，被做東家的用繩床抬走，業已晚了一步，高裕昌這老頭兒算是裕而不昌，也叫可怕的瘟疫給纏住啦。

老程得的是火瘟，渾身乾燒得像燙人的火炭，五天不飲不食不出汗，但瀕死之際卻發汗呻吟，經過半個來月的調治，逐漸痊癒了。但高裕昌染上的瘟疫，連城裡最有名的醫生也叫不出病名來，只能說它是一種怪瘟，他不發燒、不疼痛，只是腦瓜呆滯，渾身發軟，躺在家宅病床上不能動彈，吃飯要人餵，身子要人擦，大小便要人料理，他的妻妾子女輪流照應他，總盼他病情略有好轉，能把他身後的產業交代清楚，分配妥當。

他的妻子高奶奶花出大把的銀錢，請來遠近名醫，商議著會診，人參、燕窩、犀牛角，名貴的藥材都用上了，吃藥像灌水一樣，全沒效用，只能維持他不斷氣罷了。

「這怎麼說呢？」街坊上有人說：「該是高利盤剝的活報應罷，閻王爺讓他留在世上受活罪啊。」

高裕昌確實在受活罪，人慢慢的乾縮變形，痰不斷從口角溢出來，喘氣呼啦呼啦的像拉風箱，額頭的油皮發出蠟光。高奶奶瞧見醫生們個個搖頭，也明白丈夫已到燈乾油盡的時刻了，就仗著替他買棺木、做壽衣，備辦後事，準備送他上路了。

那天夜晚，高裕昌奄奄一息，業已暈厥了兩次，一家人圍在病榻邊哭泣，打算把他移到外間的冷凳上去（**死人躺在硬榻，俗稱冷凳。**），誰知道這幾個月不能動彈的乾癟老頭，忽然直蹶蹶的站立起來，嘴張著，眼瞪著，頭髮、鬍子直動，一股怪模怪樣。

「老爺子，您這是怎麼回事啊？」高奶奶說：「您倒是說話呀？」

高裕昌並不答話，只像木樁般的站著。他的小妾麗雲過去摸了他一把，不禁臉色大變，連著後退，悄聲說：「他怎麼手像冰塊，冰砭骨的涼啊。」

無論如何，高裕昌仍然活著是事實，他的腰骨直挺挺的，好像他在壯年，比病前更有氣概，但他空睜大兩眼，並不認得妻妾和兒女，他走動三五步，手也僵，腿也直，像是木偶，偶然他的舌頭轉動，咿咿唔唔的，沒人聽懂他在說什麼？高奶奶找來幾個店裡的夥計，費了很大的力氣，才把他強捺到椅子上坐定，過不了一會兒，他又站起來，像一根木頭了。

「這倒是怎麼辦啊？」麗雲幾乎哭出來了。

「有什麼法子呢？」高奶奶說：「先試試餵飯給他吃，他活著，總得要照應的。」

這回餵飯，和平時又大不相同了。得要一個人硬托住他的下巴，另一個用竹筷撬開他的牙關，把食物倒進他的喉管裡去，他勉強能嚥進三兩口，若是餵得多些，就全打嘴流出來了。

深夜著人打了燈籠去接醫生，醫生來了一搭脈，寒臉大搖其頭說：

「老當家的六脈全斷，按醫理說，他業已算是死人了，他臉色灰散，兩眼失神，可說毫無生氣，但他能走能動，又不能把他當成死人看，你們只好把他關在屋裡，就這麼不死不活的養著他罷。」

家裡人個個都像陷進冰窖，也在苦苦的計議過，總不能把他硬當成死人，捺到棺材裡去，只好照醫生的話做，就這麼不死不活的把他養著。白天他僵站著不要緊，夜晚總得把他放倒在床上，讓他睡覺啊，好了，靠了幾個年輕力壯的學徒，把他抬到床上去，捺住他的頭和腿，但等把手一鬆，他就直立起來了。

「不成啊，高奶奶，」夥計小伍說：「這得用繩子把他兩頭綑在床板上才行吧。」

「唉，也不用綑了，」高奶奶嘆口氣說：「他不要睡，就由他站著好了，夜晚關上房門，著人輪流看守好啦，可不能讓他出去，驚動四鄰啊。」

但風聲總是掩不住的，日子一久，整條街的人家都傳遍了，高家的錢莊，由高奶奶央求老賬房老程再回來料理，其他的店鋪，分別由幾個兒子去主持，只把高裕昌這個變形人鎖在後屋裡，由高奶奶帶著一群健僕照料。

指望他病好是不可能的，高奶奶也仔細留意過，每到亥子相交的午夜時分，老頭子的四體就比較靈動一些，開始還找個人伴著他，後來每個人都覺得駭怕，就不再著人看守，只把房門扃起就算了。

這樣整整的過了一個冬天，高家的宗祠開會，有人把這事提到族中長老那兒去，族中的長輩們議論，覺得經醫診斷，六脈久已斷決的人，根本是一具變怪的行屍，還這麼秘密的養在宅裡，日後定會鬧出亂子來，不但遺害子孫，還將波及鄰里，最好把他捺進棺去，封釘入殮，抬到城西荒山墓場埋掉。老族長也親自過去，把大夥兒的意思對高奶奶說了，但高奶奶看在多年夫妻的情分上，說什麼也不忍心這麼做。

說著說著，到了春三月裡，高裕昌一天天的在變形，他的臉變成風乾了的醬紫色，兩邊腮幫凹了下去，兩眼眶凹睛凸，變得紅塗塗的，手爪變得長而銳，手背上已經長出稀疏的白毛來了。

在一個春雷響動的深夜裡，高家的人被巨大的撞擊聲驚醒，夥計小伍首先掌燈察看，驚叫說：「不好了，房門和大門全被撞開，老東家他……他不見嘍。」

大夥兒心知有異，跟著點火張燈到後屋一看，兩扇門全都大開著，房門的門軸也被震斷了，高奶奶還算鎮定，交代小伍說：

「這可不是鬧著玩的，多召喚人手，點燃火把，大家分頭去找，老東家瘋瘋魔魔的，讓他單獨留在外頭，真不知會鬧出什麼事來呢。」

高家各店舖的人手多，一陣吆喝，聚起廿多口子，帶著繩索、木棍，執起火把，拎起燈籠，冒著雷雨四處搜尋，有人出西門搜至西山的山腳邊，有人順著山溪找了十來里地，找到天亮，人人的衣裳全被打濕了，卻連半個人影也沒找到，高裕昌就那麼離奇的失蹤啦。

事情終究是要傳出去的，城裡的街坊傳說紛紜，大多對高奶奶有所責難，有人說：「分明是成妖作怪了，她偏不聽醫生的話，把他鎖在家裡養著，這好，妖人走脫在外，還不知會害死多少無辜的人呢。」

「斷掉六脈還能站著走動，不是什麼妖怪。」有經驗的老人說：「那根本是會吸血的活殭屍，朝後咱們街坊若是遇上不測，高家的人休想卸脫這個擔子！」

風風雨雨的傳言，箭般的射過來，高奶奶只有忍著；她多次著人在四鄉搜尋，根本找不到一絲蹤跡。

臨到五月天，城北山溪上游的葛莊出了怪事了；莊上人家飼養的雞鴨，經常無緣無故的丟失了，山溪邊，散散落落的全是雞鴨的屍體，牠們的頸子被咬開，血被吸得光光。葛莊的人聚議，大家都認爲高裕昌變成怪物失蹤，一定和這件事有關，但葛莊離開城裡，已經有卅多里地，大家也弄不清，高裕昌怎麼偏會跑到這裡來。

葛莊差了人去高家錢莊，把這話對高裕昌的長子高德隆說了，高德隆說：

「多謝列位前來通報這宗事，家父確實因病失蹤，但一個病人，單獨跑到卅多里外去，深夜偷食人家的雞鴨，這就太蹊蹺啦！列位有沒有見過那偷雞鴨的呢？」

「這……倒是沒有。」葛莊的人窘粗頸子說。

「這樣罷，」高德隆說：「我這就親自帶人下鄉去尋訪尋訪，假如真是家父做的，我負責賠你們的損失，假如找不到真憑實據，你們捕風捉影誣陷人，可也是犯法的，你們又該怎樣區處呢？」

「我們只是幫忙報信，」葛莊的人說：「去不去是你的事，只要那偷雞鴨的東西敢再來，我們早晚會抓住它的，到那時再說好了。」

高德隆想想，葛莊的人也沒錯，全莊的雞鴨連著被偷，當然會怒火沖天，萬一真是老爹作的怪，總不能放著不理，於是又放下笑臉，拱手拜託葛莊的人多留意，把他們送走了。

有錢好辦事，葛莊的人剛走不久，高德隆就叫小伍出去雇了十多個役夫來，許給他們重酬，要他們沿溪上溯，在葛莊附近一帶，到處尋找老當家的蹤跡，每個人都帶上足夠的乾糧和飲水，一定要把葛莊丟失雞鴨的謎團解開。

這些役夫到了葛莊，歇下來詢問詳細情形，葛莊的人都發出怨聲說：

「像高裕昌那種人，人都叫他高剝皮，他落到這一步田地，全是老天在罰他，如今，我們不敢說莊上的雞鴨都是他偷吃的，至少，一個走脫的活殭屍大有嫌疑。」

「我們是受他兒子高德隆出資雇請來的。」一個役夫說：「就算找到那具活殭屍，我們赤手空拳又能怎樣呢？那東西能把門軸推斷，可見力氣很大，單靠我們，恐怕制不住它呢。」

「不如這樣罷，」另一個拿主意說：「葛莊人手多，又有火器，我們雙方聯手，用雞鴨誘引它出來，大夥一齊動手，才有辦法把它捉住啊。」

「這確實是個好主意，」葛莊的領隊說：「我們莊上，能集起四五支火銃，幾十柄刀矛，加上你們十多個，人手足夠用了！高德隆雇用你們，原就是要弄清謎底，你們這樣做，還可照領他的工資，有什麼不妥呢。」

「好罷。」高家錢莊的夥計小伍也點頭了：「我只求有個結果，好對少東交代，你們覺得怎麼做好，就怎麼傲，我沒有二話好說的。」

一切說妥了，公推葛莊的領隊葛強擔任調度，葛莊對面峙列著一道石嶺子，灌木叢生，野林密攀，嶺下那道山溪成了村莊和嶺腳的界水，莊口有一座通往山裡去的孔道——一座古老的木橋，葛強領著大夥看了一遍說：

「不管它是死殭屍或是活殭屍，它總沒本事渡水的，它進莊子，定會經過這座橋，咱們在橋口兩邊搭起草棚子，挖出深壕來，伏在裡面，輪流守望，捉些雞鴨關在木籠裡，不時用棍子敲敲牠們，讓牠們發聲叫喚，其餘的人抱著刀矛槍銃，聚在草棚裡喝酒聊天，一有動靜，立時出來圍擊，我想它是跑不掉的。」

「好主意，咱們就這麼辦了！」役夫們和應說。

人多氣壯，準備起來也快當，當天夜晚，他們就已經搭妥草棚，挖妥坑壕，幾十個人都持了器械，分據在橋口兩邊，輪流的守夜了。

爲了防範萬一，葛強更把莊裡的幾條猛犬拴到河對岸去，拴在橋那邊的護欄上，因爲在黑夜裡，狗眼要比人眼靈光，狗一發聲吠叫，守夜的人自會預先警覺了。

這樣守了四五天，一夜二更方過，大夥兒正在草棚裡喝著酒，忽然聽見溪那邊狗叫得很兇，輪番守望的人也打出了暗號，大家立即鑽出草棚子，藉著星光朝橋口望過去，果然見到一條模模糊糊的黑影子，像風似的奔過橋來，大夥兒一瞧，齊聲鼓噪，使溪岸邊瀰漫著一片打殺之聲。

那東西並不怕人，反而朝眾人存身之處直撲過來，大家點亮火把照看，原來是一個幾乎赤身露體的毛人，兩眼灼灼亮，遍身都是黃毛，手掌已變成指爪，猙獰可怖。

有個叫荊四的銃手，舉起火銃，瞄準它開了一銃，轟然一聲轟中了它，它在銃煙中倒了下去，一霎工夫，它又挺身躍起，更朝荊四衝過來；右邊有人提起長矛，對著它直刺過去，矛尖插進它的肚子，那東西反臂一揮，喀嚓一聲把矛桿打斷了；左邊一個亮著大砍刀，奮不顧身的竄上前去，揮起一刀，砍落了那東西的半條手臂；那東西發出一串吱吱的尖叫聲，一溜煙朝石嶺方向衝去，大夥兒攔不住，也追不上，持銃的人連著開銃，再也沒能轟中它，在天亮之前，讓它跑掉了。

「不要緊。」擔任調度的葛武說：「妖物雖沒擒住，但總算留下它半條手臂，咱們先回去驗看驗看，它究竟是什麼東西變的。」

大夥兒回到近村的橋口，用火把環照那條斷臂，確定是那怪物的右臂，臂上黃毛又密又長，傷口流出一灘黑血，腥腥黏黏的，指爪尖長，根本不像人的手掌，橋面上，留下許多黑色的血點子，一路迤邐過去。

「有了血跡，它是跑不了啦！」銃手荊四說；「等到天放亮，咱們順著血點子去搜，一定搜得到它。」

「看著看著天就快亮了，」小伍說：「咱們先弄些酒菜暖暖身子，天亮好進山搜妖。」

一夥人聚飲到天亮，更是有恃無恐了，他們順著點點黑色的血跡，過了橋進山，三彎四曲，找到一面壁立的山崖下面，地上有個石磴子，石磴下方有個小小的裂縫，只有兩寸多寬，血跡落在裂縫邊，再也見不到了。

「難道那妖物會是老鼠精，」葛武指著說：「這一丁點大的洞口，那麼大的怪物，怎能鑽得進去呢？」

「是啊，這真是把人搞迷糊啦。」

在眾人猶疑不定的時刻，葛莊的男女老幼趕上來一百多口子，其中一個老人看了一會兒說：「妖就是妖，不能按照常理推測，依照血點子看，它必定藏在下面，你們找粗繩來，用大木槓子撬開石磴子，認準了朝下挖，必定能找到它的。」

老人家既這麼認定，大家也不甘心放走妖物，就一起動手，鑿的鑿，撬的撬，費了兩個時辰才把石磴給移開，朝下越挖越寬，挖不到五六尺，赫然發現下面有個大石窟，寬廣超過一丈，那個妖怪果然僵直的站在裡面。

它的兩眼圓睜，眼珠半凸在眶外，牙齒已經變長變尖，右肩被砍的傷口，還在流滴著黑血，洞穴下面，盡是雞毛鴨毛，也有些野雞、老鼠、灰兔的屍體，可見它確是吸血的活殭屍。

高家錢莊的夥計小伍，一眼認出他確是老當家的高裕昌，因爲出走那天他所穿的衣物撕成一條條，遺留在他腳底下呢。

「我得趕回城裡報信去啦！」他說：「要少東抬棺來收葬啊。」

小伍匆匆忙忙騎牲口飛奔回城報訊去了，葛武卻和全莊的人計議起來。

「殭屍就是殭屍，沒有死活之分。」他說：「這東西分明是禍害人間的妖物，白天在太陽底下它不能動彈，焉知臨到夜晚，它不會出洞去侵襲人獸，咱們不能把它留著爲害，先用繩索把它給捆吊上來，架起柴火堆子，把它化骨揚灰，才是最妥當的辦法。」

「高裕昌這個老東西，生前高利盤剝，不知害過多少人，如今他遭到生不生、死不死的報應，化骨揚灰也是該當的。」葛莊的老人說：「咱們就去架柴火罷。」

大夥把殭屍繩捆索綁的吊將上來，用桃木枝抽打一百下，用桑木釘釘進它的心窩，這才把它送上高高的柴火堆，開始舉火焚燒，燒的時刻，它仍在熊熊的火光裡咕咕尖叫，而且還像鯉魚打挺般的跳跟不休呢。

天過晌午時，高家的人騎牲口坐轎子趕上山來，備了棺來收屍，哪還有屍可收，只能等到大火燒盡了，勉強從柴火堆裡揀出幾塊焦黑的骨頭渣子，放進棺木裡去，略微盡點人事罷了。

高奶奶哭她的死鬼老公，倒是哭得夠悽慘的：

「你這個一錢如命的死鬼喲，逼死人命討小錢，誰知討回來的，是瘟疫怪病喲！你吃香喝辣半輩子，哪天幹過偷雞摸鴨的行當，被人當成賊來看待喲！你光著屁股見閻王，摘下老臉朝哪兒掛喲？你化骨揚灰還留下臭名聲，叫人傳講活殭屍喲！你死後還要賠人的雞鴨錢喲！」

不過，她的哭聲已經沒人聽了，因爲焚屍時弄得滿山腥臭，把成千看熱鬧的人群全熏跑啦。

屍變

大亂葬崗子扯東到西有十來里地，早先荒來兮，鬼話不只一籮筐，有些獵戶貪著狐和獾的皮毛，也曾糾合些有膽氣的，到那些連營般的墳堆裡面張罟圍獵，不過，那些漢子們在不久之後，有的惹了風，有的撞了邪，弄得鼻塌嘴歪，崗頭雷莊上的雷老頭就說了：

「我說過的唄，鬼是怕正不怕勇，人說：一正逼三邪，那些獵戶逐狐射獾，總是挖墳掘墓，這跟世上挖窟掏洞的賊有什麼分別？做鬼的叫他們毀了屋，弄得四處透風，不找他們算賬才怪呢。」

雷老頭說他九十二歲了，前年他就那麼說的，董屯的爛紅眼替他算過，加上閏年閏月，老頭約莫過百歲了，年老嘴碎，見誰都扯著聊聒。不過，雷莊、楊村和董屯的人，大多不願意聽他嘮叨，他沒了牙，說話不關風，咿呀啊呀的難懂，這還事小，他那件破爛的老棉襖裡，白米似的蝨子到處爬，他說不上三幾句，就捏住牠們朝嘴裡送，怪嫌乎人的。

實在說，對大亂葬崗子，恁誰也沒有雷老頭經歷那麼多，他說他親眼看見過鬼起集市，幾百盞鬼火燈籠在崗腰亂滾，有個尖下巴的老幾，還拉著他叫前輩，遞過小煙桿來，敬他一袋旱煙，他打不著火，這才明白尖下巴的是鬼。

「連它娘鬼都稱我前輩，」他呵呵笑著說：「無怪你們背地後都叫我老不死的啦！」

「有一年鬼打架打得好兇，夜來晚上，滿崗子雞貓狗叫的，按理說，這兒的野鬼都有土地爺管著，怎會由它們吵得人睡不著覺呢？二天，我拎了隻病死的雞去拜土地來，嘿，到得叉路口那兒一瞧，可傻了眼啦，瓦缸頂兒叫鬼給砸了，土地爺狗吃屎趴在那兒，我把他扶起來一看，滿把鬍子也叫鬼給拔光啦。」

如今，破瓦缸做的土地廟還在那兒，木雕的土地爺沒有鬍子是事實，究竟是不是鬼拔的，只有聽雷老頭說了。雷莊的小輩都是些沒腚猴子，他們才不理會那些鬼話，趁著大白天，他們會成群結隊鬧到荒塚鬼窩裡去，在那邊草叢裡尋找鳥蛋，也會用飛棍打中肥嘟嘟的兔子，他們在大墳背後架野灶，烤食蚱蜢，偶爾也捉幾條蛇玩玩。說來也怪，這些野孩子可沒遇著惹風撞邪的事，可見，鬼也不會找上沒有心機的小孩呢！

依老一輩人的想法，就大不以爲然啦，楊村的富戶楊世和認爲：人的陽氣礫礫，會惹得一窩子孤魂野鬼不安，要是放任這些小不點常闖鬼窩，鬼會被激出來作怪的。雷老頭當然同意他的說法，他回憶當年大荒塚裡鬧過蔭屍，話在他嘴裡可就嚇壞人了。

「蔭屍嘛，也就是屍變啦，有些墳墓圮塌了，棺蓋腐朽露了天，裡頭卻是空的，有人見到棺尾有個黑洞，原來那屍體開溜啦！老一輩的人，管它叫遊屍，有些屍首會鑽到別的墳裡去，又叫鬼串門子。

「這只是屍變的一種，沒什麼好怕的，有些蔭屍，身子不爛，乾縮長毛，成了殭屍，那就糟糕了，紫毛殭、白毛殭、黃毛殭、綠毛殭，什麼樣兒的都有，有些殭屍靈得很，會嗅人的氣味，追人的腳印兒，那些沒腚猴子胡闖亂闖的，遇上蔭屍作怪，準會拿他們當點心。」

「那！那倒怎麼是好啊？」董莊的董二大爺被嚇傻了眼了。

「告訴各村做父母的，儘量看管他們的孩子，」楊世和說：「那些上塾館的，有塾師小眼二大爺管著，不會由他們去瘋野的。」

年事輕些的，可不信這些，他們儘管自小就聽了一肚皮鬼話，但誰也沒親眼見到，按照耳聽是虛，眼見是實的老話題，總認為那全是雷老頭編出來唬孩子的。

就在這辰光，怪事發生了，楊村那一帶居民，常常丟失雞鴨，有人以為是黃鼠狼搗的蛋，有人以為是蟒蛇作的怪，因為亂葬崗子裡，這兩種物事很多，平常也有偷雞吃鴨的，丟失雞蛋的人家，便紛紛張設誘捕黃鼠狼的木籠子，用雞蛋殼裝進鐵針，誘殺蟒蛇，這樣防了一陣，黃鼠狼也捉到好幾隻，蟒蛇也殺死兩三條，沒用的，雞鴨照丟不誤，董屯和雷莊也都波及到啦。

「究竟是什麼玩意兒偷雞鴨的呢？」

這疑問逐漸寫到各人的臉上，村頭的小酒舖裡，聚聚簇簇的，都是議論的人頭，有人認為三個村莊合組聯莊會，分班在夜間巡查守候，不管是什麼東西偷了雞鴨，總能發現牠的。有人提起來，會不會真如雷老頭所說的那樣，大亂葬崗子裡出了殭屍？

「你們想必全聽說過，」說話的說：「殭屍有形有體，它是會按時出來覓血食的，早些年頭裡，北地還傳說過殭屍拎走人腦袋的怪事呢！」

「你甭在人心惶惶的時刻瞎攪混了。」楊世和說：「咱們還是拉聯莊會，值更守夜才是正理；無拘它是什麼，總禁不住槍火熬的。」

經過一番商議，聯莊會是拉起來了，幾十個莊丁分守在幾處更棚裡，輪流值更，但毫無效驗，各莊的雞鴨仍然照樣的丟失，村民們不得已，把雞鴨趕進屋來，用木籠裝起，放在床肚底下，二天早起，還是丟失一兩隻，出去問值更的，大家都說整夜守候，並沒闔眼，根本沒見著什麼不尋常的動靜，這麼一來，飼養雞鴨的人家都急了頭啦，他們說：

「再這樣下去，咱們的雞鴨早晚會丟光的。」

這幾個莊子經常丟失雞鴨的事，遠處的人並不知道，幾個專在南荒裡幹小手的（**即偷兒的別稱**），由何三歪領著，來到雷莊附近，他們打聽出楊村的楊世和，是個肉頭財主，打算先進他的宅裡行竊。

有月亮的夜晚，何三歪約妥他的同伴蘇小亂兒，在雷家大墳背後碰頭，天剛起更，何三歪就到了，在黑裡等了好一陣子，還沒見蘇小亂兒的影子。

「這小子，約莫是喝多了酒，把老子空吊在這兒啦！」何三歪心裡喃咕著，「這得等到多早晚呀？你小子若是黃牛，我可等不得你，只好一個人動手啦！」

何三歪正打算獨自潛進楊村，人還沒站起身呢，忽然聽見眼前墳墓裡有了奇怪的聲音，彷彿有人推動棺板，挪開石塊的樣子，吱吱咯咯的，也只轉眼光景，一個怪東西出現了，殘月斜映著它，那東西不高，渾身上下長著五六寸長的白毛，腦袋大得出奇，臉有一尺多長，那模樣極像傳說裡的大猩猩。

它出墓之後，伸著鼻子四處聞嗅聞嗅，轉頭張望什麼，那雙眼金灼灼的閃光。饒是何三歪出道多年，穿經千門萬戶，這樣的怪物他卻從沒見過，聽得他緊咬牙齒，屏住呼吸，一動也不敢動，幸好那怪物沒發現他，甩著兩隻長胳膊，風一般的走向荒塚堆外的村落去了。

這麼一來，何三歪哪還敢進村去做案，他的兩腿都嚇得不聽使喚啦。他首先想到要離開這兒，萬一那怪物很快轉回來，吃它遇上，用它長得拖地的指爪一抓一攫，怕不開膛破肚，連心都叫它抓出來麼？愈到這辰光，他愈怨起蘇小亂來了，這小子一向亂糟糟的，痲子不是痲子——活活「坑」人。自己若是乘機走避，那小子又跑得來，那該怎麼辦呢？

正好左近地方有棵大榆樹，要是爬到高枝上去，躲匿在葉叢後面，既能逃過怪物，又能照顧到蘇小亂兒，他的心念電光石火這麼一轉，果真就爬上樹去，藏匿起來了。

他剛剛藏妥，便聽見蘇小亂兒嘬口打胡哨的聲音，那是他們約聚的暗號，何三歪回了一聲暗號，蘇小亂兒便打草叢裡爬了過來。

「老兄，你幹嘛爬那麼高？想上天偷蟠桃？」蘇小亂兒說。

「你小子死到哪兒去啦？」何三歪說：「這老墳裡爬出殭屍來，差點害死我，按時辰算，它就快回來啦，你趕緊走罷。」

「有這等事？我走，你怎麼辦吶？」

「天亮後，在黃家草廟等我。」何三歪說：「你再不走就來不及啦。」

蘇小亂兒從草叢裡溜開了，何三歪仍留在樹上，過不上一會兒，約莫是四更尾，那個毛茸茸的怪物匆匆奔了回來，兩隻手裡各拎著一隻肥鴨，到了墳墓前，身子一轉，立時就不見了。何三歪揉揉眼，沒再看見什麼，只聽見棺蓋移動的聲音。

他嚇得在樹上不停的打抖，抖得樹葉簌簌響，好不容易捱到雞叫，他還是不敢動，一直等到天色大亮，他這才下了樹，走到幾里外的黃家草廟去，會見蘇小亂兒，把昨夜遇著怪物的事，詳細說了一遍。

「按這情形看，是殭屍沒錯的了。」蘇小亂兒說：「有些殭屍，是妖物藉人體成形，它們靠著血食保持體力，不斷修煉，這種俗說是屍變，比走屍厲害多啦。」

「大亂葬崗子左近共有三個村屯，」何三歪說：「他們村裡經常丟失雞鴨，一定會派人巡更看守的，咱們不便挑著這辰光做案了，不如反過來，跟蹤查明這妖物究竟怎麼偷食雞鴨的，再告訴村屯裡的人，把這妖物給除掉，領他們一筆賞錢也好啊。」

「這倒是個好主意。」蘇小亂兒說：「但光是咱們兩個不夠，得多找幾個人幫手，人多，膽氣也壯些。」

找幫手的事並不難，何三歪出面一吆喝，手下就來了三四個，連土地廟的討飯花子也湊合上了。

他把話講明，大夥兒對捉妖都有了興頭，何三歪權且作東道，弄了些酒菜，圍在草廟裡商議，決定等到夜晚，各帶刀棒，埋伏在那座可疑的大墳附近，留心動靜，一旦妖物出現，大夥兒就遠遠的躡著它，瞧出它的端倪來再講。

這些幹小手的也許欠時運，他們連著守候了好幾天，再也沒見著那妖物出現，討飯花子杜禿想起什麼來說：

「不對，咱們選岔時辰啦。」

「笑死人，捉妖還帶選時辰的？」蘇小亂兒說：「難道還得選良辰吉日，這可不是娶老婆啊。」

「你講這話就差池了，」杜禿說：「早先人都傳說，殭屍出墓吸血，是和月亮有關聯的，月黑頭它不出來，咱們得選有月亮的夜晚才成。」

「對啊，」何三歪說：「我怎麼沒想到這一層呢？」

事實證明杜禿的話是對的，他們在上弦月初升的夜晚，終於守到那妖物出墓了；吱吱咯咯的棺蓋移動聲，轟隆轟隆的墓碑轉折聲，聽得那幾個偷兒大氣也不敢亂喘，那東西出墓後，用金光灼灼的眼四處瞧看，然後轉頭南奔，朝雷莊那個方向，飄風似的走過去。

何三歪和蘇小亂兒分別帶了兩撥人，遠遠尾隨著那妖物進了莊子，那怪物走到一家宅子的背後，突然縱身一躍，坐到那家的屋脊上，它坐在那兒並沒動彈，只是伸出一隻胳臂來，從空裡那麼一撈，憑空就撈住一隻肥鴨了。

「怨不得這些村屯總是丟失雞鴨的了，」何三歪捱近蘇小亂兒，悄聲說：「這殭屍原來會邪門法術，牠能向空中取物，不是大挪移法嗎？」

正說著，那妖物業已把整隻肥鴨三口兩口吞了下去，另一隻手向空一招，又有一隻雞落在牠掌心啦，牠的吃相很貪婪，連皮帶骨，啃得喀嚓喀嚓響，吃完兩隻雞鴨之後，它在屋脊上跳行了幾家，又坐到另一處瓦脊上，雙手齊招，招到兩隻雞拎在手裡，這才跳下屋，循著原路回墓地去了。

二天天色大亮之後，何三歪帶著那幾個搖呀晃呀的進到雷莊，坐在打麥場邊的石碾上，雷莊的莊丁覺得他們人生面不熟的，十分可疑，就上去盤問他們。

「你敢情以爲雞鴨都是我們偷的了？」何三歪說：「說老實話，咱們原想到這邊來做案的，誰知遇上專偷你們雞鴨的怪物了。」

「怪物？是什麼樣的怪物啊？」那莊丁搖了搖頭，滿臉疑惑的樣子。

「你先把附近幾個村屯裡管事大爺找的來，說咱們找到偷雞鴨的怪物了，大夥一起合計合計，我單單跟你講，也是沒有用的。」

何三歪這一招真夠靈，不一會兒工夫，楊世和、董二大爺、雷震天一夥人都趕的來了。

「究竟它是什麼樣的怪物啊？」楊世和首先問說。

「我想它是殭屍變成的。」何三歪說：「它的樣子像是大猩猩，渾身白毛，兩眼金光閃灼，指爪長得拖地，走起路來其快如風，力氣更是大得不得了，能把墓碑輕易的移開……。」

「屍變！」雷老頭兒搶著嚷說：「要是不及時設法除掉它，朝後它不止吃雞吃鴨，恐怕就要吃人了。」

「這怪物想必是躲在墳裡了，」董二大爺說：「能否請諸位帶路，讓咱們早點把它搜出來，除掉這個禍害呢，這可是刻不容緩的事啊。」

「噯，咱們幾個爲了幫你們捉妖，弄得通宵沒闔眼，連口茶水也沒進嘴呢。」何三歪說：「你們得先弄些酒菜來，讓我們塡飽肚皮，再幫你們辦事也不晚呀。」

「對對對，」雷震天說：「我這就著人準備飯食去，人是鐵，飯是鋼嘛。」

幾個幹小手的，夜沒白熬，總算混到一頓豐盛的酒菜了。吃罷飯，由何三歪和蘇小亂兒在前頭帶路，三個村屯裡，出動了百把口兒，大夥兒帶上洋槍、火銃、刀矛棍棒，一起到大荒塚裡去，何三歪很快就指認出那座大墳，大家仔細一看，那座墳墓前的石碑，確有指爪搔爬的痕跡，碑座下的土是鬆動的，可見墳裡的怪物經常由這裡出入，它是否真的像何三歪形容的那樣，這謎底很快就要揭曉了。

「妖物是打這墳裡出來的，準沒錯，」何三歪說：「我先後瞧見它兩回了。」

「後一回，是咱們好幾個人一起瞧見的，」杜禿說：「它的模樣，和何三哥形容的完全一樣，如今是大白天，人說：殭屍最怕太陽照的，估量它也沒法子作怪，你們放心大膽的挖掘罷。」

村屯裡出來十多個壯健的漢子，用鐵鍬挖掘起來，掘開棺上的土層，露出一口灰褐色的棺材，他們正打算撬開棺蓋，就聽棺裡一陣響動，棺材迅即被推開，那妖物已經從棺裡站立起來，兩眼亂眨，還吱吱的叫著，四周圍觀的人，嚇得直朝後退，一些膽小的，兩腿嚇軟，一屁股跌坐在地上啦。

那白毛妖物並不畏懼太陽，它捺著棺口朝外跳，一霎間，幾支長矛從四面八方搠向它，它一揮臂，矛桿叫它格斷了好幾支；雷震天一瞧情勢危急，衝準它的胸脯開了一銃，緊接著，雷莊的莊丁又補上一槍，妖物跳了好幾跳，身上冒出黑血，這才倒了下去。

大夥一瞧妖物倒地，才又壯著膽子圍了上來，用長矛撥翻它，看出它的面孔獰怪非常，一張血盆大嘴裡，暴出許多長有一寸的撩牙，最怪的是它的腋下，還生有兩隻短爪子，有薄膜黏在臂膀下方，好像是蝙蝠的翅膀一樣。

「你們總該聽過飛天夜叉的故事罷，」雷老頭兒過來，用煙桿撥開那肉翅般的薄膜說：「這具老殭屍，不知修煉了多少年，眼看就要變成飛天夜叉啦，幸好在這要緊的辰光，靠幾位外來的小哥幫忙，才能把它除掉，要不然，附近村屯還不知有多少人會送命呢。」

「老天有眼，」雷震天說：「總算把它轟殺了。」

「不成。」雷老頭兒說：「死的只是殭屍，那妖物還會作怪的，你們把它的腦袋砍下來，扶起屍首，用桐油灌進它的腔子裡去，再到道觀裡，求老道人畫幾道鎮妖的靈符，貼在它的腦門和胸口，生起烈火來，把它抬上去燒化掉，這樣才會沒事呢。」

那具白毛殭整整燒了一天，才算處置完了，三個村屯為了感謝何三歪他們幫忙，除了供他們大啖雞鴨，猛灌老酒之外，每人還送了他們三斗糧和兩塊銀洋。

「真它娘的像做了一場夢。」何三歪喝得醉裡馬虎的，感觸不盡的說：「偷雞摸狗的行當幹了好些年，沒想到無意中還會行了這麼一宗功德事，吃了人家的不算，還連吃帶拿，看樣子，咱們要轉運了。」

「轉運？轉個屁。」蘇小亂兒也喝醉了，大翻兩眼說：「老三哥，你忘啦，那殭屍偷食雞鴨，暗夜行事，說來跟咱們算是同行啊！死後多年，還要經槍打火燒，咱們這一行，幹不得呀。」

漂屍

一個寒雨霏霏的夜晚，我被一群愛聽鬼故事的年輕朋友圍住了，他們找了一間很靜僻的茶藝館，很舒適的半躺在和式的房間裡，茶是香的，燈是黯的，疏簾隔開外界，但仍能聽得見簷前的雨滴聲。

對我而言，被聽友們圍住的事經常發生，但像這樣的夜晚，這樣幽寧的環境，卻是極少遇著的，古意的紙燈籠輕輕旋盪著，紙面上寫著草書的詩句：

「少年易學老難成，一寸光陰不可輕，未醒池塘春草夢，階前梧葉已秋聲。」

它帶給人一種生命流逝的奇幻感。因此，我們的話題一開始就廣闊起來，從生死無常談到因果觀念，從醫卜星相談到鬼怪妖狐。這群年輕朋友都具有高等的知識，他們論及鬼神時，並非是一味迷信的談法，而是引用單項科學的觀念，對若干神秘不可解的現象，提出探究和質疑。

其中一位姓鄭的朋友，說了一宗他親身經歷的事，那就是他母親在屏東老家過世時，她的靈魂確實到北部來，託夢給他，他夢見母親站立在混濁的泥水中，一只鋁盆在她腳旁打轉。

「當時南部正遇上颱風。」他說：「我母親又在病著，那個夢使我意識到：家裡極可能淹水了，我母親也極可能有了不測，二天一早，我就搭車南下，鐵路不通走公路，甚至雇車分站趕回家，一進村子，就有人告訴我母親的噩耗，家裡積水沒退，她躺在正屋的門板上，我舅舅正在用鋁盆朝外面舀水。他見了我，滿臉悲苦驚怔，放開鋁盆問我怎麼會得訊趕回來的？我把夢境說了一遍，反問他是怎麼知道的，他說他在潮州，和我做了同樣的夢，也是一早趕過來的。當我們說話時，那只鋁盆漂到母親腳邊，滴滴溜的打轉，使真實的景況和夢境一樣。

「我淚眼模糊的拉住母親冰冷的手，哭說：『阿母，您真的顯靈，讓我能趕回來爲您送葬。』母親的眉毛動了一動，哇的吐出一口血來，她已經死去一天一夜了，居然還能聽見我講話，真的是人死了還有靈嗎？」

「你說的這種現象，其實是很普遍的，像托夢啦，屍體聽到親人的呼喚會有反應啦，不僅在中國，世界各地都有類似的傳聞。按古老的說法，稱它是鬼魂顯靈，如今是叫『靈的感應』，也就是說，人死之後，因爲每個人的遭遇不同，他的靈素會產生某些靈動的作用。我們不必等待科學的驗證，科學對於靈魂的研究，也不過剛剛發明。」我說：「至於人死後見了親人會有反應，我也親眼看見過；我有個很要好的同學，舉槍自殺，我們把他抬送到醫院，急救無效，屍體送進太平間，已經冰凍了兩天，他的叔叔接到我們的通知，從北部趕到高雄來，他見到姪兒的遺體時，大叫一聲，姪兒眼皮動了一動，七竅都流出血來，當時我就站在屍體的旁邊呢。」

「以你的經驗，對這種現象有怎樣的看法呢？」一位長得很清秀的陳姓女孩說。

「我並不具備科學的分析能力。」我說：「我倒是請教過醫生，醫生根據人類的生理狀況，認爲一般意指的『人死了』，多半只是一種類似停止呼吸、心臟停止跳動之類的籠統概念，就醫學的深度體認而言，人死了，他的視覺系統、聽覺系統、嗅覺系統、細胞的生長激素、殘存的反射意識，都不是立即就停止它們的作用的，據說聽覺的死亡更晚，在七天之內，死者仍能藉著語音的震波，由耳傳給腦，殘存意識所起的本能反射逼動血液，由人的身體最薄弱的地方流出來，——七竅的黏膜，通常是最薄弱的，醫生的看法，我覺得頗有些道理呢。」

人死後的各種靈動，逐漸成爲雨夜談論的主題了，一位卅多歲的顏先生，談起他童年時的遭遇來。

「醫學上的解釋，固然有些道理，但我覺得它仍然缺少一些靈動性，」他說：「我想用我童年遭遇的事來印證印證，說明單就醫學觀點看問題，還是不夠的。」

「不錯，」我說：「科學的發展，日新月異，我們不能拿目前的尖端認定去籠罩明天，尤其是對生命和靈魂這方面的認知，單項科學的發展極爲有限，也許只是一種初探罷。你說說你的故事如何？」

「我是嘉義人。」顏先生說：「我的外祖母家，在四湖濱海地區，我小時候，每到夏天，母親就會帶著我回她娘家去，因此，很多個夏季，我都是在海邊度過的。

「在我的印象裡，那一帶的海濱很荒涼，四湖附近，有些小漁港，停泊著一些古老破舊的漁船，那一些鄉村的房舍，也是低矮破舊的，勁猛的季風，把防風林的樹木都吹得彎彎的。當時，我確實喜歡住在海邊，喜歡在沙地上奔跑和翻滾，喜歡和村裡孩子們一起去放自家糊成的風箏，去認識那些野花和野草，更會跑到漁港去，看漁船和竹筏出海，或是在晚雲和落日中，迎接歸航的船隻，那種野天野地的生活情趣，是城裡享受不到的。

「後來我進了大學，才認真想過，當時我只是一個自城裡到海濱去做客的孩子，完全沒有生活的壓力，留戀的，只是一種飄浮浪漫的美，如果我是討海人家的孩子，恐怕想法就不一樣了。

「啊，我這真是扯遠啦！我要說的是那場可怕的大颱風。那年的夏天，我剛到外祖母家沒多久，颱風就來了，那時候，海邊貧苦人家都沒有收音機，颱風就是颱風，誰也不知道它還有什麼洋名字。一陣颱風，對城裡的人們也許不算什麼，但漁村裡就一片愁雲慘霧啦，北邊的漁港，有十多艘漁船出海沒回來，使得家家提心吊膽，卻又不敢流出一滴眼淚來——誰也不願在家人死生未卜的時刻，哭喪著臉討個不吉利，但憂急、焦灼仍是掩不住的，有人冒著強風，到海濱去張望，希望能見到船隻的影子，除了滔天的白浪外，他們什麼也見不著。

「颱風來的那天夜晚，母親拉我躲在外祖母家的神案下面，竹屋被強風吹得搖搖晃晃的，發出吱吱格格的響聲，外面響著樹倒聲、屋塌聲，鄰舍啞啞的喊叫聲交織在風聲裡面，屋裡屋外，黑漆漆的一片，那真是可怕極了；也許我天生比較敏感，自覺好像是在一條破船上，正在怒海當中航行，四周都是兇惡的波濤，隨時會把人攫去吞噬掉；一霎恍惚中，我想到那些出港的漁船，在這樣黑漆漆的夜晚，在狂嘯的風中，滔天的浪上，他們該怎麼辦呢？……我大睜著兩眼做著噩夢，夢見一艘船翻了，又一艘船沉了，溺水的人在呼喊，他們的喊聲全被風聲和濤聲掩蓋住了，當然，那也許是一個孩子在極端恐懼中所興的幻想，——或說是幻覺性的聯想比較妥當些罷？我當時不單是想，彷彿親眼看見那一幅一幅怒海沉舟的圖景，不過，這些我並沒對別人講過，包括我的母親在內，我怕說了不吉利的話，會被她責罵。

「颱風狂吹了一夜，總算吹過去了，出海的漁船，居然也一艘一艘的回港來了，北邊那些小漁港的人，好像瘋了一樣，他們也不管茅屋被吹破了，樹被吹倒了，大家都帶了鑼鼓，買了成串的鞭炮，跑到碼頭上去接船，每有一艘船進港，他們就搖動手裡的毛巾狂呼，鑼鼓、鞭炮一直響個不停，『金滿成』、『台豐一號』、『旺發號』、『寶成號』，人們接到家人，又笑又哭的抱成一團，岸上的人詢問他們是怎樣逃過風浪的？有沒有見到別的船隻？船上的人便把他們的遭遇講給大家聽。

「颱風走後第三天，他們計算過出海的船隻，還有五艘沒有回來，是航向遠方避風去了？還是機件受損在海上漂流了？人人心上都有著海難的陰影，但沒人敢說出沉船兩個字來。

「當時的天氣預報，沒有如今這樣準確，老式漁船上的電子通訊設備，幾等於無，就像古早的『看天田』一樣，人和船一旦出海，命運全掌握在龍王爺的手上，人們能夠求助的，怕也只是媽祖娘娘了。那不僅僅是血汗錢買來的船隻，船上還有卅多個人，他們又都是負擔一家生計、養活全家老小的人。人們明知他們生還的機會不大了，卻寄望於奇蹟的出現，搜救的飛機出去了，竹筏也出動，沿著海岸一帶尋找漂流物，有幾艘船也陸續開出去了。

「到了第五天傍晚，有人傳回消息，說是一艘賴比瑞亞的商船，拖回漂流在海上的兩艘漁船『新祥旺號』和『滿吉號』，兩艘船上，只有一個落海失蹤的，其餘的人都很平安。這消息一傳到漁村，鞭炮和鑼鼓又響個不停了，兩艘遇救船隻的家屬，忙著趕赴高雄去接親人啦，而另外三艘船上的家屬們，臉上更多結了一層霜，真所謂：幾家歡樂幾家愁。

「第八天，電報又來了，『風龍號』和『台豐三號』已經漂到菲律賓北部島嶼，船上人員算是脫離險境啦，最後，只有一艘船下落不明，那就是『廣順號』，在所有出海的漁船裡面，它的船齡最老，噸位最輕，大家都在背後議論，認爲它是凶多吉少了。一場這樣猛烈的颱風，在十隻以上的出海漁船裡，只吞沒了其中的一艘，討海人都迷信的認爲那是神的意旨，用那艘船祭了海神啦。

「而那艘落入不幸的船上人的家屬們，仍然不死心，成天在陰沉的天色裡站在海邊，朝遠方矚望，他們癡迷，流淚，但總不願面對橫在眼前的事實，那太冷酷無情了，老天爺爲何單單挑上『廣順號』這艘船，讓它在怒海上沉沒呢？……他們焚香禱告，求神祇幫助他們，讓真正的奇蹟，在最後的時刻出現。」

顏先生具有高度的講述能力，我驚異於他記憶力之強，在事隔多年之後，通過他回憶性的語言，彷彿完全重現了當年的悲慘情境；我認真的聽著，其餘的人也鴉雀無聲，當他講到「廣順號」失蹤時，他的眼睛逐漸閃出潮濕的光來。

「歇一下，喝口茶罷，」我說：「颱風和地震，都是自然的災變，不是單靠人力能挽回的。後來『廣順號』究竟怎樣了呢？」

「它沉沒了。」顏先生無力的推開手說：「出海去搜救的船隻，撈到幾具浮屍和一些漂流物，屍體也都由家屬分別認領了，不過，仍然有一具屍體沒有找到，那是林阿順，一個很憨樸的年輕人。漁村的人原把奇蹟寄放在『廣順號』上的，如今自然轉落到林阿順的頭上了。有人認爲：阿順不可能在船沉後單獨活著，他的屍體，也許叫鯊魚吞食了。有人認爲奇蹟不是不會發生的，否則怎麼會叫奇蹟呢？應該多放竹筏出去，沿著海岸繼續尋找，如果阿順死了，他的屍體早晚會漂回岸邊來的。

「漁村裡的阿倫，是阿順最好的朋友，他亟力主張駕筏出海，一直到找到阿順爲止。

「阿倫研究過海潮和海流，他獨駕一隻竹筏，出海後沿著海岸朝南找，到了黃昏時刻，他果然發現波浪中托現出一個紫黑色的物體，他駕筏接近那東西，才看清那確是一具漂流屍，由於死亡已久，屍體腫脹得很大，水面上的部份，被烈日烤成醬紫色，皮膚都迸裂了，死者的面目完全變了形，看起來十分可怖。

「阿倫年輕膽小，想靠近它，用竹篙搭住那屍體，然後用繩索把它繫牢，將它拖回港去，但他又不敢，他就跪在竹筏上，閉上兩眼，認真的禱告說：

「『老哥，你是不是阿順呢？你要真是阿順，應該明白我是來帶你回家落葬的，你千萬別這樣的嚇我，你的樣子太可怕，害得我不敢打撈你呀。』

「阿倫說的是真話，天都快晚了，他想駕筏趕回漁港去，多召喚幾個膽大的人手來，大家一起來撈這具浮屍。他把竹筏掉轉方向，朝漁港那邊駛過去，誰知那具浮屍彷彿通靈似的，緊跟著竹筏打轉，越旋越靠近了。阿倫仔細再看，雖然屍身腫大變形，他卻能憑直覺認出他就是好友阿順，說也奇怪，那具浮屍的臉，似乎越變越白些，不再像前一陣那樣可怕啦！

「『啊，阿順，你真的聽到我的禱告了麼？』他喃喃的說：『你不要急，我這就拋繩圈出去，套住你，把它繫緊，帶你回漁港去啊！』

「後來據阿倫自己對人說：他只拋了一次繩圈，就套中了它，把它拴在筏後，一路拖回漁港來了。

「屍體拖上海灘，岸上有不少人在等著，圍攏來辨認，認出那確是阿順，隔不上一會兒，阿順的寡母、弟妹和一群親戚，也都急急忙忙的奔過來認屍啦，不用說，一下就認出那確是阿順，他腿上的黑痣，腰上的傷疤，都還沒破損。阿順的寡母緊抱著兒子的屍體，一聲接一聲的呼喚著，有人在屍首旁邊的沙坑裡，燃燒著準備好的紙錢，紙灰飛揚著，哭聲震野，當時，我目瞪口呆的站在人群的前面。

「說是看熱鬧嗎？不是的，我當時年紀雖小，也知道撈回漂屍是宗慘事，沒有什麼好看的，說是好奇嗎？也不是，因爲漁船撈起漂屍帶回來，我都已經看過了。要我說出爲什麼要到那種場合去？我實在說不出來，只能說迷迷糊糊的，就是想去，儘管白天看了屍體，夜晚會連續的做著惡夢。

「阿順的寡母拍著那屍體，一直在叫喚阿順的名字，奇怪的事發生了，阿順的七竅同時流出血來，他妹妹用乾毛巾把血給擦乾淨了，過不上一會兒，血又流出來，一滴一滴的滴在沙地上……。我很難想像，一個死去至少五六天的人，屍體都腫脹變形了，他的耳朵還能聽得見他母親的呼喚，用流血的反應代替他的回答。從阿倫駕竹筏遇見他開始，事情就透著蹊蹺了，阿倫的禱告，死者顯然也聽得見的，他跟著竹筏打旋，他的臉孔逐漸轉白，都顯出靈的作用，並不是單純的生理現象而已，生理醫學能解答的，我想那只是生命奧秘當中的一小部份，要是醫生真能解答出全部的問題，那就不需要再研究什麼靈魂學了。當然，這只是我個人的懷疑，我的經歷實在有限，半輩子也只遇到過這麼一宗怪異的事，所以我才把它詳詳細細的講出來，讓您參詳參詳。」

「你的懷疑是對的。」我說：「現代的科學精神，本就著重在懷疑、探究、驗證和創發上，生命的問題，原和時空的奧秘一樣，是人類永恆的問題，且還不是人類目前能夠作接近完滿的解答的，懷疑和探究，應該是人類持續進步的最大動力呢。」

「如果我說：我相信有靈魂的存在，有些人會說我是迷信的，您的看法如何呢？」

「我很難同意這種武斷的論定，」我笑說：「今天許多科學家著眼於靈魂學的研究了，他們必須先設下一個假定的前提，——人類是有靈魂的，否則還有什麼可研究的呢？凡是堅持人本的立場，不盲目附和，就不能算是迷信，任何一種假定性的肯定，都是研究創發的開端，不過，文學是用感覺去面對宇宙奧秘的，由感覺延伸的驗證工作，是科學的範圍，也是科學家的實務。」

夜逐漸深了，雨還在窗外落著，我忽然覺得，依據若干悲劇去體察人為的疏失，才是正理正道，如果棄此而不由，單單注重到靈魂有無的研究，那仍然太偏遠了。就拿剛剛顏先生所講的怒海沉舟事件來說罷，要是有新式的漁船，良好的電子通訊設備，完整的天氣預報系統，那場悲劇就可以避免發生的。等到出了事，再去拜佛求神，把人本的精神置諸腦後，一味注意阿順七竅流血的靈異，根本於事無補，就算把絕望的悲憐投注在死者身上，總歸是消極的。

「謝謝你們的茶，要謝謝顏先生精彩的故事，」我看看腕錶說：「我應該回去趕稿了。」

「說來真夠顛倒，」顏先生說：「我們原想請你來，聽你講故事的，誰知道我們卻把時間給佔光啦。」

「在這世上，顛倒的事情還多著呢，」我有感於衷的說：「希望下次有緣再聚了。」

觀怪

南嶽祝融峰下，有座古老的道觀，叫做「純陽觀」，坐落在荒僻的山徑旁邊，綠樹圍繞著觀牆，有些地方已經圮塌了，也無人去修整；據當地人相傳，有清一朝，幾次大的變亂，祝融峰下都死人無算，最早是三藩之變時，吳三桂率著他的部眾打到湖南，他深恨漢族降軍不肯反正，遣將追擊，入山搜殺，一殺殺了殘兵和難民數百口，血染衡山。再一次是太平天國的長毛兵入湘，也入山搜殺過一場，使得南嶽名勝之區，變成凶氣所聚的所在，遺厲爲殃，那座道觀，白晝也常見鬼魅，眾口相傳，它就逐漸的荒落下來啦。

但這些傳言，很少流進外路商客的耳裡，即使有，那些商客也不會深信，都是前朝前代的事了，相隔那麼遙遠，哪會真有什麼鬼魅？從浙江湖州來的一夥商客，在小酒館裡夜飲，聽到當地一個老人講起這些故事，都喝喝的笑開來了。

「湖南人常嘲笑浙江人膽小，想拿這些唬唬我們。」綢緞商何思良說：「我們來這邊，一向忙著做買賣，放著天下名山不去登臨，聽他們這麼一說，我倒想約幾個朋友一道兒探探險去呢。」

「好啊！」對面的劉堯天首先附和說：「我算一個，還有誰願意去的？」

汪士倫、徐實甫兩個，也欣然表示願意去，徐實甫並且說：

「南嶽雖說是五大名山之一，但它不算高也不算險，鬼魅傳言，根本不可信的，我們去，也只是玩玩而已，說不上探險啦！」

夏日無事，他們二天一早就動身了；俗說：華山跑倒馬，表示登山是頗耗時辰的，這四個人的遊興雖高，卻缺少登山的經驗，他們走到半山腰，山風吹來雲霧，天色轉得陰沉沉的，汪士倫說：

「山裡和平地不同，看光景要落雨了。」

「山裡的雨，來得快，去得也快。」劉堯天說：「我們腳步加快點，總不能半途而廢啊。」

他們剛走到純陽觀，山雨就落起來了，勁猛的山風吹盪得林葉沙沙響，雨勢比他們想像的要大得多，不一會工夫，山徑就濕滑不堪了。觀裡的老道士吩咐他的徒弟端茶待客，他說：

「四位施主都是外地來的，貧道奉勸諸位一等雨停，就趕快下山，雨後山路濕滑，須得當心。」

「我們上來一趟，頗不容易。」何思良說：「登山不到頂，心裡很不是滋味，我們想求老道爺行個方便，容我們在這裡留宿一夜，明天一早，我們便去祝融峰。」

「這……這怕不方便吶，」老道士期期艾艾的說，「諸位也許沒聽人說，這一帶鬧鬼魅，尤獨臨到陰雨天，遊客都不敢進觀的，就連貧道和兩個小徒，上燈之後，就緊閉丹房，連觀門也不敢出呢。」

「道士原本是降魔逐鬼的，」劉堯天笑說：「連你都怕起鬼魅來，真是天下奇聞了。」

「貧道的道法有限，逐不得厲鬼，」老道士紅著臉：「諸位爬山勞累，又怎能受得住鬼物的驚擾，我奉勸諸位還是及早下山罷。」

何思良看見老道士一味推拒，疑心他是飾詞拒客，便取出一疊銀洋來說：

「庵觀廟宇都受四方香火，我們人多氣旺，不怕什麼鬼魅，這是一點香火費，請你收下，夜晚真有什麼動靜，我們自會料理，怨不到你的頭上就是了。」

「貧道久居荒觀，得蒙諸位來到這兒，絕沒有拒客的道理，」老道士合掌說：「適才我說的全是實話，也都是爲諸位著想，諸位定要留宿，受到什麼驚嚇，請甭怪貧道沒有明言。諸位請跟貧道來廂房罷。」

四個人跟隨老道士進入廂房，三明兩暗五間屋，灑掃光潔，几淨窗明，天色逐漸暗了下來，老道士退出去，呼喚道童張羅茶飯去了，何思良坐下來笑說：

「好個清靜的地方，若說會鬧鬼魅，誰會相信？若不是那疊銀洋，老道士一定要我們冒雨下山，淋成一窩落湯雞的。」

「這真是：有錢能使鬼推磨，饒他老道士再狡獪，也得收拾他的謊話啦！」劉堯天說。

這當口，小道童過來掌燈奉茶，燈亮時，外面的雨也停了，山上的清茶以泉水泡製，飲來分外爽口，四個人把茶談笑，完全忘記老道士那番恫嚇性的言語了。

不一會工夫，老道士整治了一桌素齋，但是準備了一罈果酒，親自陪著客人用飯，雨後清涼，酒菜精美，四個人便開懷暢飲起來。

老道士看來很有書卷氣，不但善於言談，見多識廣，而且酒量頗豪，使得滿座酣暢，這餐飯，一直吃到上弦月斜斜升起，老道士才起身呼喚道童，牽來一隻黑狗，告辭說：「且願今夜清吉無事，諸位切記，要早早關緊門戶睡覺，若有什麼動靜，這隻狗會叫醒諸位，貧道這就回丹房去啦。」

老道士走後，何思良啞然失笑說：「我真猜不透，這老道弄什麼玄虛？你們看，外面月色這樣的清朗，呆瓜才會悶著頭早睡呢！」

「你說得對，咱們踏月去，山間的夜色不能錯過。」劉堯天立即附和說。

「我倒不是膽小，」汪士倫說：「不過我覺得，老道士不像危言聳聽的那種人，這山上既然有過血光大劫，厲氣所聚，也許真有什麼妖異，我們也不能過份大意呀。」

「我們四條漢子在一起，還有什麼好怕的？」徐實甫說：「就在觀裡踏月散步，沒什麼大不了啦。」

道觀的院落很廣，四個人在松蔭漫步聊天，一直到二更多天，什麼動靜也沒有，正打算回廊房去睡覺，忽然聽到大殿頂上砰砰乒乒一片瓦響，好像有一大群人在猛力蹴踏瓦面，但四個人舉眼看過去，卻什麼也沒見著。

四個人被這種突如其來的怪聲嚇白了臉，趕緊溜回廊房去，關緊了門，那隻鎖在屋裡的黑狗，也豎起兩耳，兩眼發出灼亮的綠光，彷彿看見了什麼，但牠畏縮在屋角，不敢吠叫，只是從喉管中擠出一絲細哼。

「找找看，這屋裡有什麼趁手的東西。」何思良低聲的說：「每個人抓一宗物件，用來防身好了。」

汪士倫在門後面找到一根道童擔柴用的毛竹扁擔，徐實甫找到一把火鉗，何思良自己抓了一柄供在神龕上的古劍，肥胖的劉堯天卻只找到一面令牌，四個人豎耳細聽，殿頂上的那種怪聲仍在響著，約莫響了一盞茶的工夫，聲音才消失了。

「怪呀，」汪士倫聲音有些抖索：「這該證實老道士沒打誑罷？這聲音究竟打哪兒來的呢？」

「如今管不了那麼多了，」何思良說：「好在離天亮也不會太久，我們把燈亮著，分別到暗間去，上床歇著再講，絕不能乾熬一夜啊。」

兩間臥房分為東廂和西廂，何思良帶著膽小的汪士倫睡東廂，劉堯天和徐實甫睡西廂，何思良把那柄古劍抱在懷裡，屏息待變，等了好一陣子，見三個人都已入睡，西廂更傳出劉堯天的酣聲，自己不由也闔上眼，逐漸有了夢意。

何思良正要睡著，倏然聽見外間呷呷有聲，聲音既尖又怪，他急忙睜眼朝外看去，看見一個虎頭人身的怪物，經過放燈的方桌，朝房門口跳了過來。這怪物高不過四尺，身寬和房門相等，通身青綠色，好像生苔的山石，兩隻眼碧熒熒的閃著光。

何思良大驚失色，正想張口呼叫，那怪物朝他身上噓氣，一股蝕骨的冰寒，使他張不開口來，那怪物轉身奔向西廂去，何思良急忙拔劍躍起，向它背後猛刺，鏗的一聲，劍尖彷彿刺在石頭上，那怪物呻吟尖叫著，反身就來攫他，何思良揮劍猛砍它的手臂，汪士倫也及時舞起扁擔上來助陣。

雙方正在格鬥著，屋裡又冒出一個怪物來，那東西腦袋大得像巨甕，滿身紅滴滴的，一把將汪士倫倒拖出去，何思良一分神，先前那怪物用頭直撞他的胸口，何思良仰跌在地，古劍也飛脫了手，那怪物一屁股坐在他胸口上，他就窒息暈厥了。

在西房裡的劉堯天和徐實甫，其實並沒完全睡熟，徐聽到外間有不尋常的動靜，急忙推動劉堯天，低聲告訴他防備，劉堯天一抬眼，忽然看見徐實甫的身後，站立著一個肥胖的婦人，全身赤裸，沒掛一絲布紗，她的大肚皮軟軟鬆鬆垂至膝蓋，兩隻乳房像大布袋子，歪鼻子，斜眼，兩眼小得像豆粒，滿臉密密的痲點子，奇醜無比。

這一來把他嚇得魂飛天外，他張嘴想號叫，但發不出聲來，急忙對徐實甫打手勢，想告訴對方注意，誰知那婦人憑空飛躍過來，一張口，把舌頭拖有三尺多長，蛇似的在地面上抖動著，兩手彎弓，直扼劉堯天的脖頸，劉堯天嚇得滾到床下來，瞪大兩眼呃呃的從喉管出聲。

徐實甫急忙坐了起來，伸手拿起火鉗，猝然看見一個頭生雙角的夜叉，高有一丈，兩眼閃著電光，張開血盆大口，露出一排短劍似的白牙，蹺起一隻腳，踏在劉堯天的胸口，伸出尖銳的指爪，撕開劉堯天的上衣，又分成開弓的架式，要來揍他。

徐實甫用火鉗抵住那夜叉的胸口，想大聲叱喝，也不能出聲，但他咬住牙，抵死撐持著，忽然他見到，那夜叉的背後，又出現一個夜叉，形貌一樣，但更爲高大，再後邊，又出現一個更大的夜叉，一個疊著一個，一直疊了十多層……它們露出牙齒，對著徐實甫桀桀的怪笑，這時刻，劉堯天已經不見了，房舍，床椅也都不見了，黑漆漆的一望無際，夜叉朝著他吹氣，腥臭難忍，徐實甫恍恍惚惚的，也陷入昏迷。

但這一夜還長得很呢，最先暈厥的何思良醒過來，燭火還在亮著，從床肚底下，滾出許多人來，有的沒頭，有的沒手，有的肚破腸流，一些斷頭斷手，繞著急速的打轉，硬是把他的膽囊嚇破，滿嘴吐出苦汁來。

汪士倫驚醒時，不知怎麼又回到床榻上，眼前一黑，拖他的怪物不見了，換來一個穿古裝的婢女，嫣然巧笑的對他說：「家主曉得你來，要我替你送茶來。」說著，把托盤塞到汪士倫的手裡，汪士倫並沒喝茶，只是嗅到一陣異香，便又暈迷過去，什麼也不知道了。

他再醒時，觀後的雞已經啼叫了，他渾身軟塌塌的，彷彿做了一場噩夢，他拚命撐起身體，拔開根本沒有動過的門，跑到院中放聲大叫：「老道爺，老道爺，快救人啊！」

老道士聽到慘厲的叫喚聲，趕急起來瞧看，他見到汪士倫一臉慘白，耳眼口鼻都是泥污，躺臥在廊房門外的走道上，抬眼望著他，回手向屋裡指了一指就暈厥了。老道士急喚道童過來攙扶，要道童煮薑湯灌救。

他進屋再看，何思良踡臥在屋角，額頭跌出一個大血包，肥胖的劉堯天仰臉八叉躺在西廂房門口，徐實甫倒在木榻上，他們一個個臉色灰敗，氣如游絲，分明都是中了邪了。

老道士領著兩個徒弟，整整忙乎了一個早上，用大碗的薑湯逐一灌救，徐實甫最先甦醒，劉堯天一個時辰之後才醒，何思良等到晌午才醒，談到昨夜所遇，四個人都餘悸猶存。

「究竟是醒是夢，連我也分不清了。」何思良說：「我拿著的那柄古劍，劍尖上還有綠毛，足證我見到的一切，全不是空的。」

「若說是做怪夢，四個人都做，而且同時嚇暈，世上沒有這回事，」汪士倫說：「你和那虎頭人身的怪物格鬥，我舞著毛竹扁擔助陣，一點沒錯的。」

「我最倒楣啦，」劉堯天苦著臉：「我遇上的那個婦人，這一輩子也忘不掉，怎麼會有那種奇醜無比的?!」

「那是夜叉變的。」徐實甫說：「其實我們遇到的，全是夜叉鬼物，它能幻生百相，我看見的卻是它們的本相，若不是老道爺用薑湯灌救，只怕我們早已魂斷衡山啦！祝融峰我是不敢再去了。」

「諸位還忘了說一樣，」老道士合掌說：「那就是心魔，通常人的七情六欲，匯成重重的魔障，鬼物藉著它才得顯形，如果昨夜諸位施主不逞血氣之勇，提早冒雨下山，也就不會遇上這等事了。貧道是出家人，從不打誑語，這山上的厲氣所聚，化為鬼物，並非一般幽靈，很難超度得了，貧道的道行有限，累諸位施主受驚，心裡也非常不安呢。」

「這是哪兒的話，」何思良說：「俗說：不聽老人言，性命在眼前，我們昨晚沒聽您的勸，遇上凶險全是自找的，您救了我們，我們感謝還來不及呢。」

「我業已叫小徒預備齋飯了，你們吃了齋飯，就趕快下山罷。」老道士望了望天色說：「山裡的氣候很怪，通常是上午比較晴朗，一過晌午，就雲來霧去，說不一定又會落起雨來了。」

老道士留四個人用了齋飯，又送給他們兩柄油紙傘，催他們下山，四個人回到衡陽，除了汪士倫還勉強撐住沒倒，其餘那三個全大病了一場，拖了半個月才轉好。何思良朝後仍常來湖南做買賣，但他卻絕口不再提爬山遊覽的事了。

「厲氣所聚，必成妖孽，」他對人說：「如今我算真的相信這句話啦！」

文殭

殘秋葉落的辰光，在夏家湖邊的窪野上，十多個村子上的居民都顯得憂戚戚的，因爲塾館裡的夏大先生死了，他們這一方，再沒有一個通曉文墨的人了！

說起夏家莊的夏大先生，湖邊十多個村子上的人都把他當成寶看，凡是人們迎娶卜葬，都要請他翻曆書選日子，請他寫對聯、寫牌位；許多人家生了兒女，要請他給取名字，另外，像房產買賣，田產買賣，要他寫契約，給人打封信，也得請他執筆；總而言之，大夥全是睜眼瞎子，只有他是個明眼人，多少年來，鄉裡人依靠他早已依靠慣了；夏大先生活著時，在莊頭草廟裡設了塾館，也存心要教會鄉下孩子粗識文字，誰知莊稼孩子腦瓜紋路直，總認爲學這些派不上用場，唸完三字經、百家姓，略識些文字就退學了，因爲他們要幫忙農稼。

夏大先生教了好些年，難得有一兩個學生唸完大學、中庸的，夏大先生常對人嘆息說：「在塾裡，選不出幾個讀書的料子，真把人給鬱死了！甭看他們死啃幾本書，在他們身上，嗅不出半點文墨氣來，一鬆手，還都是老粗桶子。嗨，一個教書的人，教不著像樣的學生，我一肚子的學問，全弄得隨身爛啦！」

嘆儘管這麼嘆著，當地的人卻幫不上什麼忙，什麼種出什麼苗，一些被犁頭耕直的腦瓜子，生出的孩子天生就透著土腥味兒，捏不出什麼好樣兒來的，要怪嘛，一半也怪在夏大先生他生錯了地方，他的家境也窮得可以，三間祖上留下的茅屋，臨到他，已是東倒西歪，夏大先生沒有扶犁站耙的本領，靠耕作維生，只能團個小塾館，教教那些毛孩子了。

讀書和科舉、功名全是連在一道的，夏大先生不是不明白這些，但他時運不濟，每回鄉試全名落孫山，連榜尾也沒掛上，他始終認爲主考官不識好文章，夏家湖一帶的人，卻認爲這樣最好，一旦夏大先生的門前豎了旗竿，他被分派到外地去做官，對這窮荒僻野又有什麼好處呢？

日子悠悠漾漾的，一過許多年，夏大先生這晦嘆的一生總算過完了，他的黑漆棺材，還是夏家湖的鄉友湊出錢來買的，連一切的喪葬費用，都是由鄉友認捐出來的；人們唸叨著他的諸般好處，只怨自家的子孫太笨拙，才把這麼個有學問的夏大先生給鬱死了。

夏大先生的墳地，在小木橋東面的土丘上，那些土丘，在整個夏家湖大片窪野當中，算是唯一的高地，鄰近的人們也都覺得墳地選得好，唸了滿肚子詩文的夏大先生，死後躺在那兒，也算是「高人一等」啦。

在夏家湖北邊一百多里地，有許多人煙繁盛的聚落；其中一處地方叫胡家老旗竿，是個有幾百戶人家的寨子，居民大半姓胡，族主胡正欽輩分高，外間官稱胡大太爺，胡正欽的祖父曾經中過舉，那根老旗竿就豎在他家宅子的前面，儘管後來科舉廢了，但那根老旗竿仍然豎在那兒，使人想著往昔的風光。

胡大太爺本身倒不是緬舊的人，他認爲攻書進塾求學問，是人的本分，就算世代務農的人家，也該沾點兒書卷氣；因此，他特意把祠堂的廊房收拾乾淨，設爲塾館，延聘了一位姓左的塾師來教授學生。

左老塾師在老旗竿團館兩年，生病辭館回家去了，一時覓不著適當的塾師接替，館便空在那兒，胡大太爺心裡著急，著人貼出招聘的紅紙條，公開延請塾師，紅紙條貼出不久，就有人登門應聘來了。

胡大太爺在自宅的客廳裡，接見這位應聘的塾師，他約莫有六十多歲，雷公臉，光下巴，留著一撮花白的山羊鬍子，笑起來有些斯文稚氣的樣子。他身上穿著藍色團花緞袍，玄黑壽字團花馬掛，鞋襪都是嶄新的，看來有些刺眼，胡大太爺當時就有一種怪異的感覺——怎麼一個活人要穿上壽衣呢？

「您想必是來應聘的先生了，沒請教貴姓？」胡大太爺說。

「小姓夏。」那老頭兒笑說：「南邊夏家湖人。」

「台甫是？」

「噢，夏宗敬，設塾教書，也有幾十年了。」

胡大太爺央夏先生落座，著人奉茶待客，和他談了些經書上的事，夏先生全對答如流，旁的也許能假冒，惟有學問是假冒不得的，胡大太爺深知對方是個飽學之士，便當面延請，講定每歲的束脩，留他居住在祠堂裡，還撥了個小廝伺候他。

這位夏宗敬老塾師，也就留在胡家老旗竿，一板一眼的教起書來。胡大太爺的兩個孫子胡道中和胡道立，也在塾館裡跟著夏先生讀書，他們原已讀完四書，正在修習左傳，回去常在祖父面前盛讚夏老先生講解精闢，使他們得益良多，而夏先生也常在胡大太爺面前，誇讚道中和道立資質好，十分聰慧，比起他早先教過的學生，真不知好到哪兒去了。

「若是科舉沒廢，他們兩個都會高中的，」夏先生感慨的說：「老旗竿前面，不能再豎新旗竿，可怪不得他們啦。」

「有先生這麼誇讚，也就足夠啦，」胡大太爺樂呵呵的說：「榮宗耀祖，不在於多那兩根旗竿呢。」

正因老塾師教書教得好，胡大太爺不但增加他的束脩，還關照廚上，注意平日供應的飲食，又讓家人縫製了好幾套袍服，供先生穿著，對夏老先生的供奉，可以說十分的周到。夏老先生也就把塾館當成自己的家，黃昏散塾之後，他經常在祠堂附近閒閒的踱步，村裡的人，都看熟了他寬袍大袖、意態蕭閒的影子。

伺候老塾師的小廝姓汪，乳名小墜兒，他發現老塾師每天夜晚都坐在燈前看書，好像全沒睏倦的神態，小墜兒一覺睡醒，老塾師臥房的燈仍然亮著，他白天進屋察看，滿滿一盞燈的油全都點光了，他得不斷的添燈芯，注燈油，心裡暗自納悶著：瞧他這麼一大把年紀了，精神怎會這等的健旺，白天黑夜都不睡覺，從來也沒見他打盹；不過，日子久了，小墜兒也就習慣了，並沒對旁人提起過，因爲除了這一點之外，他再沒發現其他可疑的地方。

日子過得很快，年節前，塾館放假，胡大太爺去拜訪夏老塾師，提到年節該著人備牲口，送他回家去，和家人團聚團聚，夏老塾師說：

「夏家湖離這兒百十里地，逗著風霜雨雪的季節，天寒地凍的，我這把老骨頭，禁不得一路顛簸啦，我屋裡的老伴，身子骨還算硬朗，有孩子照應，也沒什麼好牽掛的，年節我就在塾館裡過罷。」

「先生不回去也好，」胡大太爺笑說：「我會陪先生多喝幾壺老酒的。」

「嗨，論起酒來，我是沒量，」夏老塾師說：「我是上年紀了，精血不足，手腳總是虛虛的發抖，早先老家的中醫給我開了個藥方，要用生雞血或是生鴨血做藥引子，我想把藥方抄出來，麻煩老東家幫幫忙，著人替我備辦好罷？」

「小事一樁，」胡大太爺說：「您儘吩咐，我立即著人去備辦就是了。」

夏老塾師果真開出一紙藥方來，胡大太爺立即著人按方抓藥，並且捕殺活雞活鴨，瀝血作爲藥引兒，老塾師吃了藥，精神更加煥發，替老旗竿許多人家寫了不少的對聯，翻過年之後，遠近送孩子進塾的更多，夏老塾師每天從早忙到晚，可沒現出一絲疲態來。

他教書教到第三年的秋天，忽然跑去胡大太爺的宅裡，說他要辭館了。

「這些時，感謝東家您的照顧，」他說：「我也該回夏家湖老家看看去了，您這幾年給的束脩錢，我原封沒動，都還放在這兒，我進塾課徒，用心並不在錢字上，全是自己的興致，能教到道中和道立這樣資質優異的學生，我已經心滿意足啦！」

他說著，拎出一只藍包布袱來，一疊疊的銀洋都包在裡面。

「夏老先生，您千萬不要這樣，這份束脩，全是您應得的，這全是大夥兒一番敬師的心意，您無論如何要收下，」胡大太爺說：「帶回去給師母貼補家用也是好的，您不收，我們於心不安啊。」

「不不不，」夏老塾師說：「早年我團館帶一群小猢猻，爲幾文束脩，抑鬱了半輩子，這回總該讓我吐吐氣，東家，您就幫幫忙，成全我罷。」

話既說到這一步，胡大太爺也沒辭兒可講了，他拿這筆錢，設了好幾桌席，由塾童的家人共同宴請老塾師，算是替他餞行。另外，買了好些上好的布料和實用的禮品，準備了好幾匹牲口，要道中、道立兩個孫兒，一路護送夏老塾師回夏家湖去。

「夏老他上年紀了，恐怕不耐途中勞頓，」胡大太爺交代兩個孫兒說：「你們不妨分段走，每天只走三、四十里就投店落宿，讓夏老好生歇息；飲食上，更要小心安排，要老人家覺得舒坦。」

「是，爺爺，孫兒們理會得，您放心好啦！」道中說：「孫兒們會把老師平安送回宅裡去的。」

秋來天高氣爽，他們離開老旗竿，放牲口朝南走。沿途護送夏老塾師的，除了道中、道立兩兄弟，還有小廝小墜兒，照應牲口的王二，他們按照胡大太爺的交代，頭一天只走了三十來里，就在柳溝鎮歇了下來，第二天，又走了四十里，歇在老王集的街上。

第三天走到西河舖，遙望西南角黑雲翻捲，野地上風勢勁猛，頗有落雷雨的樣子，道中勒住牲口說：「離先生的老家夏家湖沒有多少路了，實在不必冒這場風雨，就在西河舖的客棧歇下來罷。」

「好啊，」夏老塾師說：「這幾天連著騎牲口，我也有些累得慌了！」

他們牽著牲口，進客棧找妥上房，天到晌午時了，道中在客堂裡挑妥桌面，扶夏老塾師就座，叫了一壺老酒，點了幾樣菜餚，陪伴老塾師用膳。

這當口，一陣疾風捲過，銅錢大的雨點，叭叭有聲的射落下來了，街心的行人一見暴雨來臨，紛紛避到長廊下來，道中離開桌面，到外面去叫喚小墜兒和王二，要他們牽牲口入棚，正忙乎著，背後忽然有人伸手拍拍他的肩背，有人叫他說：

「道中老爺，我沒認錯人罷？」

胡道中一回頭，立時認出是老旗竿東北角姜家圩的姜煥之，他的父親姜暢然，是當地出名的法師，姜煥之年紀大他五、六歲，早年也進過老旗竿的塾館，算來是他的學長；後來他回去幫他父親料理法壇的事，也學陰陽之術，人們都稱他姜小法師。

「啊，煥之兄，你來這裡做什麼？」胡道中說。

「跟我爹一道，來作法事，」姜煥之說：「你呢？」

「我和兄弟道立兩個，送辭館的夏老塾師回家。」胡道中說：「他年歲大了，路上需得有人照應，唔，道立不是在陪著夏老塾師嗎？」他回過頭，用手指著屋裡的那張桌面。

姜煥之不經意的朝那邊瞄了一眼，臉色忽然變得陰沉下來，猛的拉了道中一把，到門邊說：

「不對勁，那位夏老塾師不是活人！」

「甭亂講啦，」胡道中說：「老塾師他在塾館裡教了我們三年書，能走能動，能說會道，你怎能說他不是活人？照你說，他是什麼啊？」

「殭屍！他是殭屍！」姜小法師斬釘截鐵的說。

「殭屍？」胡道中嚇得眼瞪瞪的：「天底下會有這種殭屍？死後跑了百十來里路，到老旗竿教了三年塾，大白天能到外面蹓步？」

「你小聲些。」姜小法師說：「這事千萬別嚷嚷。」

「你敢確定他是殭屍？」

「不會錯的，」姜小法師說：「你們千萬不能再伴著它趕路，要不然，你們都會有性命危險了。」

「那，那怎麼辦呢？」胡道中這才有些惶急。

閃光在雲裡盤繞著，雷聲跟著響起。

姜小法師從腰間符袋裡，取出一張符來說：

「你拿著這張符，趁它不注意的時刻，黏到它的前額上，它就被制住了！其餘的，由我來辦。」

胡道中接過那張符，心裡很是忐忑不安，萬一夏老塾師不是殭屍，做學生的硬把一張符黏在他的前額上，那可不是鬧了天大的笑話，到時候，拿什麼話去解釋呀？

「你放心，我絕不會看走眼的，」姜小法師彷彿看穿他的心思，慫恿著說：「符一貼上去，你就會明白啦！」

胡道中把那道符藏在袖籠裡，回到客堂的席位上，正好跑堂的端上酒菜來，他先替夏老塾師斟上一盅說：

「這陣黑雲像奔馬似的，雷雨來得好快，幸好趕上西河舖，要不然就成落湯雞了，先生，請稍停喝上幾盅罷，牲口都已入棚，外頭沒事啦！」

「嗨嗨，沒事就好，來，咱們一起用罷，」夏老塾師說著，端起酒杯來說：「先乾這一盅！」

正當他仰起頸子乾杯的時刻，胡道中很快又很輕巧的把那張符捺到對方的前額上去，說也奇妙，一張符捺上去，對方蹦的直立起來，雙臂筆直的朝前伸，整個臉部都緊繃著，兩眼發紅，牙齒從泛黑的唇間暴凸出來，他確實變成一具可怖的殭屍啦！

這麼一來，在客堂裡用餐的客人，紛紛發出驚惶的嘩叫，爭先恐後朝外跑，都說是屋裡鬧殭屍了！姜小法師卻不緊不忙的走進屋來，在殭屍的兩手兩腳上加貼了四道符說：

「好了，全給定住了，你們趕緊到他家去，通知他的家人，要他們趕來區處，——對付殭屍，烈火焚化是最好的法子。」

在夏家湖，夏大先生的宅子裡，正在作法事，這一天是他家屬的除孝日，作法事的錢，都是村民們捐出來的，他們感念夏大先生生前為他們做的事，特意延請了十來個和尙，來讀經超渡亡靈，作法事時，天落大雷雨，勁猛的風，吹得堂中懸掛的琉璃燈亂搖亂晃，屋外雷閃雷鳴，有人說是夏大先生顯靈，回家告別來了。

雨後不久，法事還沒作完，外頭來了兩匹牲口，有兩個不速之客找上門來了。

「這兒可是夏宗敬先生的宅子嗎？」一個問說。

「是啊！」夏大奶奶說：「大先生早在三年前就過世了，今兒除孝，還在爲他作法事呢，兩位是？」

「啊，你是夏師娘，」對方說：「我叫胡道中，這是我兄弟道立，都是夏先生的學生，我們世居北邊的胡家老旗竿。」

「他教塾館多年，並沒教過外地的學生啊！」

「是這樣的啦，」胡道立說：「三年前，我們那邊塾館招請塾師，夏先生跑去應聘去了，他老人家在我們那兒教了三年書，前幾天，老人家才說要辭館回家，我們兄弟一路護送他回來……」

「哪會有這等事？一個死掉的人，會跑到百十里外的地方去教書？是什麼人打著他的名號冒名頂替的罷？」

「不是啦，」胡道中說：「我們走到西河舖，遇上雷雨，投店打尖，被一位姓姜的法師看出他是殭屍，用符把它給制住了，我們這才趕急過來通報的。」

「這可是千真萬確的事。」胡道立說：「如今那具殭屍，還在西河舖那家客棧的客堂裡站著呢！」

不論胡家兄弟怎麼說，夏家湖的鄰舍都不敢相信，若說人死後變成僵直的走屍，生毛的遊屍，那都還聽人傳講過，但夏大先生死後變成殭屍，還能跑到百十里外的胡家老旗竿去團館教書，教出這樣文質彬彬的學生來，這簡直是曠世未有的奇聞了。

「先去墳地看看再講。」有人說。

「再到西河鋪去認，大先生的面貌，咱們都還認得出來的。」

一大群人奔到小木橋東的土丘上，他們發現墳後草叢下面有個大洞，棺尾的木板破裂，棺裡的屍體真的不見了，他們驚詫萬分，跟著胡家兄弟再去西河鋪，果然認出被五道符制住的殭屍，真的就是死去三年的夏大先生。

夏大先生的身上已經長了白毛，變成殭屍也是事實，人們不得不沿用古老的方法，把它抬到屋外，架起柴火，將它焚化掉，但依據胡家兄弟的敘說，這具殭屍和生人無異，他從頭到尾，沒坑害過任何一個人，在塾館三年，他只是一板一眼的教他的書，胡道中形容他講書講得條理分明，見解精到，要比一般活著的腐儒強得多，胡道立更無限感嘆的說：

「我們的先生，該算是一具人死腦子沒死的文殭，做了鬼，一樣懂得分析條理，如今一把火把他老人家焚化掉，真太可惜啦。」

「不要緊的，」夏大奶奶平靜的說：「讓他在火裡安歇也好，這個老鬼，在生前就常唸叨著，他裝了一肚子學問，沒教著像樣的好學生，死了都不會瞑目，也許就是這一口氣梗在他心窩裡沒吐出來，他才會那麼辛苦的爬出墳墓，跑到外地教書的，雖說他是自討苦吃，總算教出你們這樣的學生，我想，這回他該含笑投胎去了！」

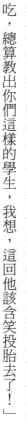

紅鞋

大運河在仲家渡口打了個彎，使這兒的河面寬廣，成為南來北往的船隻臨時靠泊的地方，仲家渡也因此熱鬧起來，聚合了百十家商戶，大都做著弄船人的生意，其中仲老爹開設的臨河樓酒館，更是夜夜弦歌不輟，酒色齊全。

仲家賺足了弄船漢的錢，家裡呼奴使婢，騾馬成群，卻也讓一些沒攻書又不上進的子姪輩淪為狹邪道上的人物，尤獨是仲老爹晚年所得的獨子仲禮堂，人倒長得白淨斯文，看上去有模有樣的，可惜是繡花的枕頭——一肚子草包，有人背後形容說：把他倒吊三天，嘴裡也滴不出半點墨水來。

在這天荒地野的地方，只要家裡有錢財，至於是否胸無點墨，恁誰也不在乎，仲家大少在茶樓酒館裡，照樣搖而擺之，神氣十足。

夏天的夜晚，渡口來了個打琴賣唱的姑娘，就在臨河樓外的廊簷下面，架起洋琴來賣唱；仲禮堂正和一夥子酒友，在臨河樓靠近柳岸的房間裡猜拳行令，忽然聽見叮咚有致的琴聲和遠遠飄來的唱曲聲，都覺得十分悅耳。

「這個賣唱的唱得真好，」一個姓簡的酒友說：「我敢打賭，她是頭一回來仲家渡。」

「等歇出去瞧瞧，點它幾個曲兒。」仲禮堂說：「你們聽，她正在唱閨女思春呢！」

月亮升起來了，河面瀰著一層乳色的夜霧，停泊船隻上輝亮著星星點點的燈火，那唱曲兒姑娘的清脆嗓音，活像長了翅膀似的，在波上漾著，月下飛著，一更天又一更天的情怨哀思，把仲禮堂的酒意撩撥得朝上翻湧。

「走啊，咱們這就去聽小曲兒去罷！」

在懸掛著煤油方燈的廊簷下面，醉意醺然的仲禮堂終於看清那個打琴賣唱的姑娘啦，她打著兩支油鬆軟活的辮子，頭頂上還紮著一方黑色網狀的髮巾，白白的一張瓜子臉，嵌著一雙靈活的大眼睛，笑起來左頰漾出一隻酒渦，配上她一口白牙，顯得分外嫵媚動人，她不像一般走江湖賣唱的女娃，總有個瞎琴師跟著，她一個人右手打琴，左手擊響板，自彈自唱，動作熟練俐落，唱得字正腔圓，每唱完一曲，四圍聽唱的就爭著拍巴掌喝采。

也許是酒力湧動罷，仲禮堂倚在一支門柱邊，癡癡迷迷的瞅著她，那姑娘玉筍似的手打琴撩板不停忙碌著，她穿著一領白地碎花的小襖兒，秋香色的紮腳褲子，一雙瘦瘦的紅鞋，越瞧越使他心裡舒順。朝後的記憶逐漸模糊起來，琴聲和翻花的響板聲，她清麗的嗓音，露出白牙的巧笑，她瘦怯怯的飄動的紅鞋……紅鞋……仲禮堂醒來時，躺在仲家莊的臥榻上，嘴裡還在囈語似的說著：紅鞋！

「我要去找她，那個唱小曲的姑娘！」他說。

莊上的人到渡口去，並沒找到那個打琴賣唱的姑娘，有人說她隨著船來的，當然又跟船走了，而臨河樓酒館的跑堂則說根本沒見過這麼個人。

「笑話，我分明看見她在臨河樓廊下賣唱的，她的模樣，我記得一清二楚，怎會說根本沒見過呢？」仲禮堂發火說：「難道我是遇上鬼了？」

「少爺，倒不是說你遇上鬼，」長工老韓說：「也許那天晚上，你著實多喝了幾盅啦。」

仲禮堂爲這事弄得一心悶鬱，連著幾天去渡口查訪，也沒得到一絲訊息。不錯，他承認那夜他確實多喝了些酒，但還不至於醉得不省人事，他確曾看過那個姑娘，穿著一雙瘦怯怯的紅鞋。至於說她是鬼，那是不可能的，仲家渡口人煙茂密，臨河樓每個座頭全滿，哪會有女鬼對人賣唱的？

這宗事兒傳進仲老爹的耳朵，老人家喘喘咳咳的又另犯疑猜了，他想仲禮堂已經到了該娶妻的時刻了，若有合適的，該早些替他物色個媳婦啦！

西大莊的孔老爹是個飽讀詩書的鄉紳，這件事情得先拜託他。他備辦了一份厚禮，交代小廝王小呆子擔了送過去，同時要他送上一封信，他對小呆子說：

「你的名字呆，其實並不呆，把這些禮物送到西大莊，討個回帖來，辦得到罷？」

「老爹您放心，」小呆子說：「我會辦妥的。」

打仲家渡到西大莊，有好幾十里荒路，王小呆子擔了禮物，加緊腳程，也走到晌午時才趕至孔老爹家，遞上信函，送了禮物，也取了回帖，孔老爹留他用了晌午飯，對他說：

「你回去對你老東家說，他託我辦的事，我會盡力留意，遇上合適的人家，我會騎牲口趕到仲家渡去，向他討酒喝的。」

「是，我照老爹的話回稟老東家就是了。」小呆子說。

他扛著扁擔朝回趕，走到半路，太陽已是大甩西啦，小呆子走得一頭大汗，到華家村頭井崖上，取水潤溼汗巾，揩揩汗，歇到柳蔭下面，取出小煙袋來，打火吸上一袋煙。

晚風微微吹盪起來，西天的雲彩叫日頭燒成一片大火，柳梢上的知了啞聲嘶叫著，四野空蕩蕩的無人來往，小呆子吸著煙，想到這趟送禮的事，心裡頗有些難過，論年歲，自己和禮堂少爺是同庚，他生在富家，肥馬輕裘的愜意得很，要娶房媳婦兒，也拜託在地方上有頭有臉的鄉紳代爲物色，害得自己擔著重禮，幾乎跑斷兩條腿。而自己爲了養活寡母，跑來仲家幫工，不知哪天才能積夠聘禮錢？無怪老母一提到娶兒媳的事，就愁上眉梢，看光景，離抱孫的日子還遠著咧。

正在散漫的想著，忽然見到柳樹行子那邊有個人影，飄飄的朝這邊走過來，他抬眼望過去，原來是個年輕的姑娘家，年紀約莫十七、八歲，頭上蒙著一方黑紗巾，衣裳樸樸潔潔的，秋香色的褲子，一雙小紅鞋，說著說著就走近了。

小呆子以爲是這兒村裡的女傭，不敢再看，就低下頭去，自顧吸他的旱煙。

那個女的走到柳樹旁邊，歇下腳，哈了兩口氣說：「哇，天好熱，樹底下風爽呢！」說著，她就挨在小呆子身邊，趺地坐下來了。一陣花粉和刨花兒水的香氣，使小呆子的心猛跳起來，自覺兩頰發燙，他只有舉頭去看遠處的晚雲，不斷的叭煙。

「嗳，小哥，你吸的是濟寧的菸草是吧？」女的說：「味道好香，吸了能提神嗎？」

小呆子從沒跟姑娘家這麼挨著坐過，更沒這麼對過話，聽她這樣開口，一時忘記回答她。

「對不住，你那煙，能不能借我吸兩口啊？」女的又說：「我走上一大段路，腿都累軟啦。」

「好。」小呆子說：「我換裝一袋給你吸。」

小呆子正要伸手取煙包，女的卻探過手來拉住他說：「噯呀，不用換啦，我又不會吸煙，只想吸兩口，嗅嗅香味罷了。你家住哪兒？」

「住仲家渡口，」小呆子說：「我替人幫工。」

人說來也真怪，三言兩語的一搭訕，就顯得熟絡多了，女的口舌伶俐，活潑又帶點兒稚氣，說起話來，爽爽的，沒什麼遮攔。

「小哥，你家裡還有些什麼人啦？」她說。

「我爹早下世啦，只有個半瞎的老娘在屋裡。」

「真可憐吶，」女的嘆口氣：「你還沒有家室嗎？」

「沒有啦，」小呆子低下頭：「我忙乎幾年，也沒湊夠聘禮錢呢。」

「真是的，要那多聘金做啥?!」女的突然拍拍小呆子的肩膀說：「噯，說真箇兒的，你要是不嫌，我做你媳婦怎麼樣?我會做家事，服侍你老娘呢。」

她說得這樣通明透亮，使小呆子窘急不堪，紅著臉說：「你把煙袋還我罷，天色不早啦，我還有一大段路要趕呢。」

「嘿嘿嘿，」女的笑出聲來：「你真是個駭板人，木頭刻的，年紀也不小了，還這樣害躁，我剛剛說的話，你還沒答我呢？這樣罷，今夜我去找你去！」

「好啦好啦，煙袋還我啦！」小呆子總算取回了煙袋，站起身來就走，女的還在背後嬌笑著。

小呆子自出娘胎也沒這般羞窘過，幾乎是腳跟打著屁股一路跑開的，一顆心打鼓般的咚咚跳，心想：這女的年紀不大，卻怎麼這樣的騷狂浪蕩，真是嚇死人啦。

當天夜晚，回到仲家莊，向老東家送上回帖稟了話，到後屋胡亂扒了幾口飯，心裡還是疑疑惑惑的不定當，想到傍晚時分，那個姑娘說的話：今夜我去找你去！小呆子可就真的有些呆啦！她果真有那麼大的膽子，說來就來嗎？不過，他想到自己是和長工老韓兩個住在草寮裡，當著老韓的面，看她怎麼樣好糾纏自己？

在草寮昏黯的小油盞下面，老韓悶悶的叭著煙，小呆子有幾次想張嘴告訴對方白天遇上的事，話到嘴邊又都嚥了回去，她又沒真的過來糾纏，老韓也許會認爲自己大驚小怪，自作多情呢。

「你累了一天，早些睡罷。」老韓說著，脫了衣裳，便上床睡了。

小呆子連衣裳也沒脫，倒在自己的舖上，兩眼睜睜的望著小窗戶和柴笆門，一心噪噪亂亂的，盡想著白天的種種，等到月亮升上來，月光從窗洞瀉到屋裡，他還沒有睡意，忽然，眼前的光影一波漾，在柴笆門的下面，露出一雙嬌小的女人的腳來，不錯，正是那雙小紅鞋。

哼，想不到她真的來了。小呆子沒有旁的辦法，只有閉起眼來裝睡。外面的女子並沒敲門，小呆子只覺臉上掃過一陣風，她業已進了屋，挨著床沿坐了下來。

「路遠，走得好累，」那姑娘微微喘息著：「我總算一路摸的來了。」

小呆子有些害怕起來，噤住聲沒敢答腔。

「其實，你不用駭怕。」女的說：「不錯，我是鬼，但絕不會坑害你，算來和你有宿緣。我說過，我很會理家，你娶了我，你那半瞎的老母，我照樣奉養她，房子、田產，我會替你買，你又何必留在仲家莊，替人做一輩子幫工打雜的。」

「不行呀，我的小姑奶奶。」小呆子說：「婚姻大事，我得稟告我老娘，她點了頭，我沒話好說，她要不答允，我也沒辦法，你好歹多等等罷。」

「倒真是個有孝心的，」女的說：「我把這包東西給你做個憑證。」說著，她把一隻油紙包塞在小呆子的枕頭下邊。

兩個正說著話，老長工老韓光著身子下床小解，女的抬眼瞧著，生氣說：「這老傢伙一點也不知禮數，有年輕婦女在，他這樣太不像話了，該打！」說著用手朝老韓一指，老韓迷迷盹盹的自己打起自己的嘴巴來，劈劈啪啪的，一連打了十多下。

小呆子看著不忍說：「算了罷，他又沒看見你在，你就別責難他了。」

「好。」女的說：「記著，除了你老娘，甭對旁人說起，我等著你的消息啊。」

一陣風颳起來，眨眼間她就沒了。

二天大早，老韓起床後，捧著半邊臉喊疼，他顯然不知昨夜發生過什麼事。小呆子清楚，但也不便說破，他探手摸出油紙包，揣在懷裡，午間去做田裡的活計，躲在樹蔭背後，偷偷取出來一看，原來裡面包著一隻翠綠的繡花荷包，一雙新的小紅鞋。

那天夜晚，小呆子特意回家一趟，把這宗怪事一五一十的稟告了老娘，並把荷包和紅鞋取出來給老娘瞧看了。做娘的皺著眉，滿面憂愁的說：

「奇怪了，這個女鬼為啥不找旁人，單單要來纏你的呢？你記不記得，前不久仲家少東在臨河樓遇上個穿紅鞋的賣唱姑娘，我想一定是她。」

「不錯！」小呆子說：「您不提醒，我差點忘記了，她要是再來糾纏，我該怎麼辦呢？」

「人屬陽，鬼屬陰，」做娘的說：「人鬼成婚，總不是好事。再說，娘只有你這麼個孩子，你可千萬不能答應她。只要你的心放得端正，她是纏不上你的。」

「好。」小呆子說：「我照娘的吩咐去做就是了。」

小呆子回到仲家莊，隔沒幾天，那女鬼果真又討回話了，小呆子一本正經告訴她說：「我老娘她不肯承應，要我不再跟你來往，我沒辦法，只有照著她的話做。你給我的荷包和紅鞋，我這就還給你，求你再甭來找我啦。」

「嗨，你老娘太迂板了，想不開。」女的說：「當年我爹帶著我來仲家渡賣唱，我染上瘟疫病死了，我爹情急投河，是你爹救的，還湊足一筆盤川助他還鄉，我要嫁給你，純是報恩的。你娘若知原委，她早晚會承應，我有耐心等啦！」

女鬼真有耐心等，三天兩日就來和小呆子聊天，有一天，老韓無意中發現小呆子枕下的油紙包，打開來一看，看到荷包和紅鞋，就大驚小怪的張揚出去了。

「甭看他呆子呆，人呆他不呆啊，」老韓到處對人說：「他是老實驢一樣偷麩子吃，公公爬兒媳，他一味悶著幹，要不然，他這雙小紅鞋打哪兒來的？」

事情傳到少東仲禮堂的耳朵裡，逼著老韓把紅鞋拿給他看，這雙紅鞋一入他的眼，他就認出來了，他一口咬定是他在臨河樓廊下看見那打琴賣唱的姑娘穿的，不管小呆子願不願意，他硬把紅鞋和荷包留了下來。

「小呆子，真是對不住，你的東西叫少東留下了。」老韓對小呆子抱歉說：「但願不是要緊的物件。」

「一點也不要緊啦！」小呆子說：「我不要，自有人會找少東要的。」

說也怪，仲禮堂把荷包和紅鞋壓在枕頭底下；當夜就大嚷大叫的說他夢著惡鬼了，緊跟著寒熱大作，叫老韓來，把東西全都還了給他，老韓莫名其妙，又把荷包和紅鞋捧回給小呆子了。

逐漸的，小呆子被豔麗的年輕女鬼糾纏的事，也慢慢傳開了，做娘的心裡著急，但也沒辦法根除。正巧，西大莊的孔老爹到渡口來，幫仲禮堂物色媳婦，聽到小呆了被女鬼糾纏的事，就著老韓把兩母子請的來，對他們說：

「鬼，是人變的，人既能變鬼，鬼何嘗不能變人，按照那女鬼的說法，她是來報恩的，可見她用心不壞，如果人和人以鬼道行事，姦惡邪淫，那就是人幹鬼事，這和鬼有啥分別？要是人鬼相戀，全以人道行事，一樣正大光明，鬼可爲人用，也就跟人沒兩樣了，爲啥又拒鬼怕鬼呢？小呆子秉性憨厚，行事正當，鬼並沒害他就是明證。」

「您老人家的意思，該怎樣呢？」做娘的說。

「我當然願意做個大媒啊！」孔老爹掀著鬍子大笑說：「找本曆書來，選它個天德河魁在房的好日子，我騎牲口來這兒證婚，討小呆子一盅喜酒喝，小呆子若是再不娶她，她真會坑害旁人啊！」

誰也沒想到，飽讀經書的鄉儒孔老爹，竟有替女鬼爲媒的雅興，小呆子成婚的事，驚動了整個仲家渡，婚禮雖談不上鋪張，卻也紅燭高燒，喜氣洋洋的，人們只見著穿得光鮮體面的新郎倌，卻沒人看見傳說紛紜的鬼新娘，不過那隻翠色繡花荷包和一雙嬌小的紅鞋，都被放置在金漆托盤裡，供在堂上，當成唯一陪嫁的禮品，這可是看熱鬧的人全都眼見的。

小呆子婚後，不再替仲家幫傭了，在渡口擔擔子賣雲丹糕和蒸糕，沒過兩三年，在河西買了三四畝田，又蓋起一幢新屋來啦。至於他和那個鬼新娘究竟是怎麼相處的，任誰問他他也不說，從他臉上那股憨笑看來，小夫妻倆倒是恩愛得緊呢。

恐怖夜車

我經常在雨夜搭乘計程車，並且習慣和司機閒聊，尤其天寒雨冷的季節，車外陰暗潮濕，坐在車子裡別具一種溫暖的感覺，很多開夜班車的計程車司機，都曾是我所主持的「午夜奇譚」節目的聽眾，我一開口，他們就認得我，因此，談天的話題，也多半和靈異的事件有關。有時候，一些司機急著告訴我一些故事，使我這專講故事的人，變成了他們的聽眾，想起來也滿有趣的，這樣經過了幾個冬天，我肚子裡又裝進了許多新的故事，綜合他們的說法，在都市的鬧區，也照樣有鬼靈活動的。

「前幾年的秋天，落著小雨的夜晚，是九點來鐘罷，我開車經過常德街口，有位從醫院出來的少婦招呼著要上車，上了車，我問她去哪兒，她低聲說：過辛亥隧道。您知道，那兒遍山都是墳墓，又挨著火葬場，鬧鬼的傳說很多，白天開車進隧道，都覺得有些陰森森，何況下雨的夜晚呢？不過，我們幹開車這一行，哪兒都得去，不是嗎？人家說：心不偷，涼颼颼，也沒什麼好怕的。

「那少婦很文靜，說了地點之後，一路上就沒再開口，我從後視鏡裡看得清她的臉，她的臉該算是美人型的，只是蒼白沒有血色，兩隻眼窩有些青黑浮腫。

「車子開過了隧道，她指著紅綠燈說要左轉。我順著她的指點，把車子開上小山坡，在一幢兩層的住宅前停了下來，她摸摸皮包，淡淡一笑，說她沒帶零錢，請我倒車，等她一下，她進屋去取錢，我點點頭，她就下車進屋去了。

「我倒妥車後，足足等了一刻鐘，還沒見她出來，我有些奇怪，便下車去按她家的門鈴，過了一會兒，開門了，出來一位中年的太太，手裡拿著一百塊錢，塞給我說：不用找了，我說了道謝的話，正打算上車，那中年婦人輕拍我的肩膀，很神秘的對我說：她是我的大女兒，前幾天，難產死在醫院裡，昨夜回來過，也是我付的車錢……。

「先生，開夜班車帶到鬼客人，並沒什麼好奇怪的，我有兩個開車的朋友，都載過女鬼，不過，他們得到的結果，卻完全不一樣。

「先說我那第一個朋友罷，他是個佛教徒，心腸極好，他的車子上，放了很多免費贈送的佛經，他自己也寫了勸善歌，掏腰包印了送人。

「一天夜晚，他開車經過延平北路，一家獎券行門口，有一位穿著綠色羊毛套裝的小姐，招呼他的車子，她笑吟吟的，買了滿把獎券在手上，上了車，說是要回泰山去。

「你知道觀音山腳下的那片墓場嗎？那兒的鬼故事，講三天三夜也講不完，我那位朋友，載著買獎券的少女，正朝那條路開過去。

「那位小姐對車上擺設的佛經很好奇，問東問西的，一路和我那位朋友搭訕，我那朋友說：

「『佛經上的道理，不只是用看的，還要去做，比如說：我開計程車，生活也很清苦，但我始終奉行日行一善，也就是說，我每天都要做一件讓我心安的事情，像有些病人，年老的、貧困的，搭我的車，我會選一兩位，打八折收費，這雖是微不足道的小善，但我力量只有這麼大，我常在想，如果人人都能盡自己的力，做點好事，這社會風氣就會好上很多啦！』

「那位小姐聽了，不住地點頭說：『難得你這樣好心，好心人總會有好報的。』

「車子開到大墳場邊，小姐說：『到了！』正要下車時，但她摸摸皮包說：『糟了！我的錢全買了獎券，沒錢付車資啦，這樣罷，我把獎券折算車錢，只當你買個運氣，好不好？』

「我那朋友抬頭看看，車窗外黑漆漆不見人家，天又飄著絲絲細雨，滿臉堆笑，心裡叫苦，那小姐撕給他大約十來張獎券，推開車門，下車就不見了。我那朋友心裡詫異，認定方才搭車的是女鬼。

「他把車子開回獎券行，獎券行老闆正要打烊，他趕急過去問說：

「『老闆，剛剛在你這兒買獎券，穿綠色毛衣的小姐，你還記得嗎？』

「『當然，當然記得。』老闆說：『她一口氣買了五十多張獎券，她不是搭你的車走的嗎？』

「『是啊！』我那朋友說：『她是去泰山，到公墓那邊下車，沒錢付車資，把一疊獎券折算車錢啦！』

「『好啊！』老闆說：『祝你中獎。』

「『我是請你打開抽屜看一看，她付給你的是什麼錢？』我那朋友說：『她一下車，人就不見了，我以爲她是女鬼，要找你來查證一下。』

「『不會的，你太過緊張了，』老闆說：『她給我的錢，我看過，一張張都是真鈔啦！不信你看！』他說著，拉開抽屜，不禁目瞪口呆，原來真的有一疊冥紙夾在真鈔裡面……。

「後來，獎券開獎，我那好心的朋友，真的中了五萬元，那是女鬼用來折算車錢的獎券……這消息傳了出去，很多人都爲我那個朋友道賀，說這是他該得的，我的另一位朋友卻在暗中抱怨說：『這女鬼也真是的，人家並不急著要錢的，她卻特意送錢給他，像我這樣窮得快光屁股的人，她怎麼不送錢給我？』

「我的這位朋友，喜歡賭錢吃酒，日子過得很浪蕩，他非但不檢討自己，反而起了貪心。這好，不久之後，他開車經過延平北路，招呼到一個穿黑衣的小姐，一問，也是去泰山的，車子開到大墳場附近，她說要下車了，身邊沒零錢，掏給他一千元找，他東湊西湊，勉強湊了七百塊找給她，她也是一下車就不見了。這位朋友有些害怕，趕快掉轉車頭回來，回來再仔細一看，他找出去的都是真鈔，收進來的卻是冥紙……。」

諸如此類的故事，我不必再舉了，每個講故事的司機都煞有介事，說它是真實的。

有一回，天陰雨濕的白天，我從台大附近搭計程車回家，一上車，那個年輕的司機就對我講起他遇鬼的經驗來，他說人的命運確實是有曲線的，低潮當然就是走霉運，那時他租住靠水門邊的一間老屋裡，染有賭博的習慣，但卻每賭必輸，夜晚常被鬼壓床，兩眼大睜著，看見白色的幽靈在他面前搖晃。

「那不是鬼，只是你心裡有鬼罷了！」我說。

「你不相信這世上有鬼嗎？」他說：「你晚上回去，聽聽『午夜奇譚』這個節目，就不由得你不信了。」

一絲苦笑漾在我的唇角，我很想講些什麼，但什麼也沒有講。

過不久，我搭乘一位李先生的車子，他是個相貌敦厚的中年漢子，談吐不俗；當時窗外夜色深沉，他有感於衷地講起他當年一宗離奇的經歷來：

「多年前，我在老家彰化開計程車，那時候，買一部計程車很不簡單，我把它當成寶貝看。」他說：「有一回，送客人到台北，天色已經晚了，我在車站附近隨便吃了頓飯，拉客回程（**當時車站附近沒排班**）。等了好一陣子，一來來了五個客人，其中一個老人，四個年輕人，穿著有些土氣，一看就知道是中南部鄉下來的，我問他們去哪兒？他們說是要回鹿港去，要一起搭我的車子。

「您知道，車子按規定只能坐四個人，他們一起上車，就多了一個，我怕被罰，不願意答應，那老人懇求說：『天已經黑了，又下雨，你就讓我們擠一擠好啦！要是被警察碰到，罰金由我們付，好不好呢？』我也無可奈何，又捨不得這趟生意，也就答應了。

「我的車子是新車，性能很好，也都檢查過，多坐一個人，老實說沒有關係。他們上了車，老人坐在前座，四個年輕人擠在後面，車子輪胎連動都沒動一下。我載著他們沿縱貫線南下（當時沒有高速公路）。一路雨綿綿的，視線很差，開起來頗爲吃力。

「當時我雖年輕，早一趟來、晚一趟去的，真的也夠累了。車子開到後龍附近，小街頭有個檳榔攤子，點個小燈泡，搖來晃去的；我一想，買幾粒檳榔來吃，添點精神也好，邊開車邊想打盹，是很危險的。於是，靠路邊停車，掏出五塊錢，買了十粒檳榔（當時檳榔不像如今這麼貴，五毛一粒算貴的了）。

「我先吃了一粒，把其餘的放在車窗上，那老人問我吃什麼？我說吃檳榔，他說：『我也睏得慌了，給我一粒罷！』我拿了一粒給他，後面的四個齊聲說他們也要。

「我不是小氣，卻覺得他們有點怪，剛剛我停車在檳榔攤前，他們要吃檳榔，怎不自己買呢？十粒檳榔，這一來已經去掉六粒了，前頭還有好一段路咧！

「吃了檳榔，我打起精神繼續開車，忽然覺得車子不太對勁，究竟出了什麼毛病，當時弄不清楚，好像後座越來越沈重，車身前段有些飄飄的。我把車子放慢，停到路邊，下車檢查又檢查，結果很好，並沒發現一點毛病。

「『伊娘，真是有鬼了！』我這麼罵一句。

「『先生，你是太累了！』後座一個年輕人說：『放不放心讓我來替你開上一段路啊？我在台北開過一年計程車，沒問題的。』

「『謝了，』我說：『我還撐得住，還是自己開好了！』

「車子又開了一大段路，雨勢越來越大了，車子經過一座墓場附近，突然看見一個頭戴鴨舌帽、手持拐杖的老人，在車燈光亮裡伸手招呼我，很像要搭便車的樣子，我把車速放慢，快到他面前，看得更清楚了，他身上穿著帶補釘的大褂子，也許該說是長袍罷，那種式樣，現在少見了，怎麼說呢？那該是百十年前的古董了。他的臉色蠟黃，擠滿了皺紋，一把白鬍子上亮著水珠。

「『順便帶我一段路罷。』他說：『雨大了呢。』

「我看看雨勢，真的很想讓他上車暫時擠一擠，也許只是很短的一段路，給他的方便可就很大了，但車子總是到鹿港去的五位客人包下的，而且已經超載了，就算要載他，也得要他們同意，我側過臉望著坐在前座的老人，問他的意思怎樣？

「那老人用僵冷的手捏我一下說：『你再仔細瞧瞧，他像是人嗎？』

「經他這一說，我真的害怕了，三更半夜，出現在墓場上的老人，穿的是古代的衣裳，兩眼光灼灼的。人家說：多一事不如少一事，何況剛才車子無緣無故的出毛病，有些陰陽怪氣的，我咬咬牙，一踩油門，車子就開過去了。

「人這玩意兒真有些怪，儘管覺得路邊的老人有些古怪，讓他淋著雨卻沒能載他一段路，心裡總有些不忍，這樣又開了一段路，嘿，怪事來了！

「那是我從沒見過的，雨裡夾著霧不說，其中竟然有一團昏黑色的霧，像一隻大鳥似的，展翅朝車窗上直撲過來。我雖早已啟動雨刷，但黑影一撲，我就什麼都看不見了，幸好當時更深夜靜，對面沒有來車，使我能不停的轉動方向盤，存心躲閃著它，但那並不是黑霧，彷彿是一種靈異的東西，預知我的心意，我向左，它跟著向左；我朝右，它也跟著朝右，它一直在糾纏著我……。

「早先我常聽人說起鬼打牆的故事，說是有人走夜路，走到深山密林裡，手上持的燈籠被鬼爪子捏熄了，一股子白霧從四面八方掩過來，綠瑩瑩的鬼火在霧裡騰跳著，人就暈糊糊的分不清方向了。朝東走，東面是座大墓，把人擋著；朝西走，西邊又是一座大墓，把人攔著，不捱到五更雞叫，他就不用想脫出這些天羅地網。

「當時我聽這些事，雖然好奇駭怪，覺得有些恐怖，總覺那只是遙遠的鬼故事，並不是真的，面對著這團怪鳥一樣的黑霧，我真的害怕極了，不由得的想起『鬼打牆』的老故事來了！

「嘿，當時我在想，我不該在路上得罪鬼的，我們車子上有五個客人，加上我一共六個，幹嘛要怕一個淋著雨的老頭呢？就算他真的是鬼，早知道我也該停住車子，請他上車來擠一擠的，順道載他一段路，結個人鬼之緣，他也許不會惱恨我，專意來捉弄我了，管他是人也好，鬼也好，他在那麼大的雨裡淋著，我卻視若無睹的把車開過去，使得他站在路邊被雨淋，他不生氣才怪呢?!

「說我心神恍惚，確實有點兒，我還不敢分神，要專心躲避眼前的黑霧啦！它不光是一隻大鳥，是一隻接著一隻，前一隻飛過去，後一隻接著又來了，我心裡在想，早先鬼打牆，是迷住落單走夜路的人，怎麼如今時代不同了，鬼打牆也打到夜行的汽車頭上了？

「我又抓了兩粒檳榔放在嘴裡猛咬著，把全副精神全給提出來，和這個鬼周旋，怕雖然很怕，可是，想到車子裡連我在內，一共有六個人，而且都是陽氣充足的男人，我的膽子自然也就壯了許多，也許開過這一段荒路，靠近前面的市鎮，就能度過這場難關了。

「我的算盤也是打得太如意啦，開了不久，一大陣黑霧整個籠罩在我的車頂上，馬路邊好像被塗上一層黏膠，把四個車輪整個黏在路面上，引擎明明在發動，車子卻釘在原地打抖，完全走不動了。

「『怎麼回事啊？』坐在我旁邊的老人說著，推開車門走了出去。

「『究竟是怎麼回事啊？』後座的四個年輕人也推開車門，魚貫的走出去了。

「因爲怕雨絲打進來，車窗都關上的，他們下車後，車子裡只坐著我一個人了，我是嚇呆了呢？還是怔住了呢？自己也弄不清楚，我兩眼瞪得大大的，朝前面看著，車前的兩盞大燈都在亮著，黑霧也看不見了，我看見一團團輕煙般的白霧，從車窗兩邊不斷的飄過去，雨點還刷刷的打在車窗玻璃上，我的耳沒聾、眼沒花，頭腦也十分清醒，根據油錶顯示，車上還有許多存油，發動著的馬達，運轉的聲音也很正常，爲什麼我的車子竟黏在原地走不動了呢？

「那五個回鹿港的客人剛剛下車時，我以爲他們是幫我查看車況的，也沒在意，後來他們走進路邊的林子，我又以爲他們是去行方便的，我等了他們很久，他們還沒回到車上來，我就起疑了；若說他們身上沒有錢，存心欺騙我，想白搭我的車，卻乘機在中途開溜，那似乎是不可能的，他們是忠厚老實的鄉下人，我不會看錯人，何況這裡離鹿港還有一大段路，他們不會離開車子，在黑夜裡淋雨，貪著省幾個錢，淋出一身病，太划不來了，那麼，他們怎麼還不回車上來呢？

「啊，來了，來了，他們終於回到前燈的亮光裡來了，我數了一數，一、二、三、四、五、六，沒錯，確實是六個。不對呀，上車時分明是五個，怎麼會多出一個來呢？

「我再定眼一瞧，心裡大叫著苦也苦也，原來多出的那一個，正是剛才從墓地出來，招呼我要搭便車的那個老頭，他氣喘吁吁的拄著拐杖，作勢要打那四個年輕的，另一個站在他旁邊的老人擋住他，一邊在對他解釋什麼，他們究竟在說些什麼話，我半句也沒聽見，只彷彿在觀看一場指手劃腳的啞劇。

「我心裡很明白，我在台北所載的這五個客人，原來都不是人，他們是一窩子鬼！剛才從墳場出來的老頭，當然也是鬼，要不然，憑他一個拄著拐杖的老頭，能跑得和計程車一樣快，我剛停歇，他就跑到車子前面來？這一夜，我不知道是走什麼樣的霉運，一開始就陷到鬼陣裡面來了！

「雨還在落著，擋風玻璃上的雨刷仍然在動，車前的燈光照著團團飛滾的白霧，那情景極像舞台上放出的乾冰，把那六個人的下半身遮掩著，他們還在拉拉扯扯的談些什麼。看樣子，後來的那個老頭不再動氣了，他們拉起手，慢慢的退出燈光能照亮的範圍，逐漸隱沒到霧裡去了。

「我咬咬自己的手指頭，很疼，足證那不是噩夢，我心裡充滿疑懼，內心什麼都很明白，就是不能動，正像我保養很好的新車動彈不得一樣。

「這真的是一種新的鬼打牆，一窩子六個鬼聯手，從台北開始就一路魘我，終於把我連車帶人都圍在裡面了。我完全認命的放鬆了自己，也不再駭怕了，搖緊的車窗帶給我一份安全感。至少車子裡面不冷不濕，是屬於人的小世界，我乾脆把引擎熄火，讓車燈也滅了，睜著發僵的眼，半醒半睡的乾捱著時辰。

「我自問平常待人還算厚道，也從沒做過虧心的事情，我雖在彰化設籍，但聽說祖先世居鹿港，我並沒得罪任何鹿港人，不知爲什麼，鹿港的鬼會這樣的捉弄我，把我困在這個荒涼的地方呢？

「這真是我生平最長的一夜，好不容易捱到雞叫，我在微明的天色裡下車去檢查一下，路面很乾淨，沒有任何異狀，我的車子前方不到半公里，有樹蔭圍繞的農家，雞啼聲就是從那裡傳來的，我很快就發動了車子，踩下油門，車子飛快的開走，我把車子開到那農家的門前，一個農家婦已經在打掃門前的空場子啦。

「也許是整夜驚魂失魄的沒睡覺，加上多吃了檳榔的關係，我有些頭暈腦脹，又覺得十分口渴，我就下車來，向那農婦討杯水喝。

「我正在喝水的時候，背後馬路上，嗚啦嗚啦的，一輛轉著紅色閃光燈的警車呼嘯著開了過去。隔不久，又是一輛，我意識到前面路段上一定是出了什麼事，也許是車禍罷？過後不久，我的預感被證實了，那是一場很嚴重的連環大車禍，有五輛車子撞在一起，死傷好多個人，我開車經過那兒，車禍現場仍然保持著等待檢驗，一路都是玻璃的碎片、布條、雜物和斑斑的血跡，有些人在那邊焚燒冥紙，人堆裡有隱隱的哭泣聲。

「我向一位執勤的警員打聽，才知道車禍發生的時間，正是我的車子被黑霧罩住的同時。也就是說，那些自稱是鹿港人的鬼魂，冥冥中救了我一命，以我當時的疲倦情形，如果按照正常的行車速度開過，一定會在連環車禍的車陣中掛尾，變得血肉模糊，使世上多了一個冤魂。

「我損失了一點回程的車資，卻撿回了一條命，回到彰化之後，我燒香拜廟，酬謝搭救我的鬼魂。當然，我不知道他們的姓名，更不知他們和我之間，究竟有什麼樣的淵源，而那天夜晚的情形，我是一輩子也忘記不了的。

「後來，我曾把這宗怪事對別人講過，別人卻都不肯採信，有人說我這是疲勞過度產生的幻覺，正好和一場大車禍在時間上重疊了，才會以爲是真的。對於這種說法，我是死也不會信服的，十粒檳榔，那些鬼魂分明吃了五粒，這就足證我不是幻覺啦。」

我要說的是：這是我搭乘夜間計程車所聽來最完整的故事，一種人情味深濃的現代鬼打牆，那位李先生的述說簡潔生動，充滿了恐怖感，但鬼魂魘住他的最終目的，卻是要救他一命，使人透過恐懼，感受到溫暖。

此外，也有些和夜行車有關的故事，所出現的是被激怒的、或是愛促狹的鬼靈。據說台北辛亥隧道初通車的時候，深夜時分，一輛末班公車經過那裡，車上除了司機和車掌之外，只有一個年老的客人，那老人指著隧道，和車掌小姐說起這兒鬧鬼的傳聞。

司機是個粗豪的北方漢子，從來不信這些，他說：「沒有這回事，全是胡扯淡的。不信，我就大罵三聲，看看什麼樣的鬼會出來找我的麻煩！」他說著，真的大罵三聲，呵呵笑著猛踩油門。

車子開到隧道中間，砰的一聲，憑空飛來半截磚頭，把車前的擋風玻璃給砸碎了，幾乎打到罵鬼的司機的腦袋。

那個司機以為有人故意開他的玩笑，氣沖沖的罵著，停住車，找了一柄掃把，下去想找對方算帳。他下車仔細一看，前前後後都空蕩蕩的，根本沒見到半個人影，他打了個寒噤回到車上來，縮著腦袋把車子開出隧道。

第二天，他就寒熱大作，請了病假，他的妻子問出情由，買了紙箔，親自到隧道口焚化。

這個故事我並沒聽到當事人現身說法，是乘車經過那兒時，另一位司機轉述的，車出隧道口，他指著一堆紙箔的灰燼給我看，硬說是昨天早上，那公車司機的妻子來燒的。

愛促狹的鬼靈，當然和憤怒的鬼靈不同，他們不會用磚塊砸爛擋風玻璃，卻會在司機開車時，現出一雙手來，亂扳方向盤。說是有位女歌星，一天雨夜坐計程車經過隧道，她忽然在後座尖聲大叫起來，這樣一來，使得司機很不高興，轉頭對她說：

「我又沒對妳怎麼樣，妳鬼叫什麼啊？」

那女歌星臉色慘白，一逕用手指著說：「你看，方向盤上怎麼會有四隻手呢？」

司機一瞧，臉也跟著綠了，因爲方向盤真的有四隻手——另外兩隻不是他的。

如果你一定要追問這些故事究竟是真是假，那你就太迂太笨了，深夜裡和司機聊天，不但拉近了人與人之間的距離，用這些故事代替檳榔，可以振奮精神，保證司機不會打瞌睡，同時也增加了行車的安全，這總是有益無損的，你說不是嗎？

有一位曾在嘉義市公車處任職的小姐，她並不相信夜行車真的會鬧鬼。她說起當年從嘉義北行水上，從水上轉向朴子時，要經過一段S型的彎道，那兒有一條水圳，下面就是水門，水漲季節，常有戲水沒頂的、投河溺斃的，那些浮屍都會浮現在水門附近，被人撈起，用草蓆覆蓋，死者家人在圳邊燒紙祭奠，久而久之，那一帶鬧鬼的傳聞就多了。

一年夏季，從朴子開回嘉義的末班車經過那兒，在路邊站頭上停車下客，車掌小姐站在車門邊收票根，客人下車後，她正要上車，忽然發覺有人抓住她的腳，她便大喊救命；這當口，又發覺有人扯她的頭髮，叫得更慘了，還是司機趕著拖她上車的，回去之後，那位車掌小姐就大病一場，說她被鬼拖了。

司機卻不相信，他發現車門鐵皮裂開了，夾著一束頭髮，他第二天白天開車到車掌遇鬼站頭，又發現一片被扯起的巴根草，也就是說：車掌小姐的足踝，是被亂草纏住的。如果她當時弄清楚是這種緣故，她就根本用不著白白的生那場病了。可見鬼能嚇著人，心理的因素是重要的關鍵呢！

無論如何，我總是喜歡在夜晚搭乘計程車的，我從沒認真追究過那許多故事的真假，讓靈幻的保持它的靈幻，讓神秘的保持它的神秘，不是更令人沉迷嗎？若能藉著它們激發靈思，細細的加以品味，那就會更有所獲啦！

每一天都會有夜晚，每一個夜晚都有諸如此類的故事，害得我把耳朵都聽長了，你呢？願不願或是敢不敢聽，那就全看你自己啦。

酒鬼

我自幼嗜酒，幾十年來戀酒貪杯，不知鬧了多少笑話，原想做一個飲而有節的「飲者」，後來降成無酒不歡的「酒徒」，最後幾乎淪爲醉臥街頭的「酒鬼」。

有一夜，在細雨寒燈下閱讀元明雜劇，看到一個酒鬼的造型，他穿著白布袍子，披頭散髮，腰間掛著酒葫蘆，自帶酒杯，邊哭邊飲，東倒西歪像個瘋癲，這使我頓然領悟到，爲什麼人們慣把爛飲的醉漢稱之爲「鬼」了。

儘管後來我盡力克制飲酒過量，但每遇上某些適飲的場合，仍然會想起酒來。新居落成時，我爲書齋自撰一聯，上聯是：紅燭暖風春座酒，下聯是：寒燈細雨夜窗棋。可見酒的魅力，不全在於澆愁解悶，而在於它所造成的人生韻致和境界，正如同一位雅士所稱：有酒詩發天外情一樣。

秋來時，我準備了酒菜，約幾位老友在園子裡飲酒賞月，邊喝邊聊，我坦誠無隱的說起自己幾乎淪爲酒鬼的往事，朋友當中一位羅先生就說了。

「世上的酒鬼很普遍，這些都是活酒鬼，沒有什麼稀奇，有些活酒鬼死後，做了鬼仍然貪杯，那就是死酒鬼，我說的可是真正的鬼啊！」

「陰曹地府，也有酒喝嗎？」在座的老胡說。

「據我所知，是有的，」羅先生笑說：「那種酒，叫做鬼酒，鄉下人傳言：鬼煙可吸，鬼酒可飲，唯獨鬼飯不可吃，誰誤吃了鬼飯，準會上吐下瀉，寒熱大作，不死也要塌層皮。據說鬼酒淡而無味，死酒鬼喝了也過不了癮，它們總會想法子到陽間來詐酒喝。」

「那你就講講死酒鬼的故事罷。」我說。

「幾十年前，我住揚州城，靠東街有個老酒鬼王二，聽說早年他在洗澡堂子裡當修腳師傅，手藝還挺出色的，後來，因他貪杯好酒，成天喝得醉裡馬虎，神經兮兮，硬把差事弄丟了。

「有一天，他夥著幾個酒友到城外去，走過一座荒墳場，那是在大水之後，他們見到不少個骷髏頭，滾落在亂草叢裡，齜著牙齒，白慘慘怪駭人的。

「『離它們遠點兒，』一個警告說：『這些玩意兒少招惹爲妙，弄得不好，它們會祟人的。』

「『瞎話！』老酒鬼王二說：『我就不信它敢祟我？』他一面說著，就解開褲子，衝著一個骷髏的嘴巴，嘩嘩啦啦的撒了一泡尿，笑著調侃說：『二爺我賞你一點酒喝，你覺得味道如何？』

「他溺完溺走回來，對幾個酒友說：『你們這些膽小鬼瞧見沒有？二爺我溺裡也有酒味，夠那鬼解饞了。』

「他正得意洋洋的說著，就聽見背後有個聲音低低啞啞的說：『嗄，我的酒癮比你還大，你人情做到底，拿酒來啊！』

「老酒鬼王二怔住了，張口結舌楞了好一陣，這才問幾個酒友說：『你們剛剛是誰拿我開玩笑，這種玩笑，千萬開不得，幸好遇著我，換膽小的，真會嚇死呢。』

「『奇怪了，』原先那個說：『我們幾個，沒人開口講話，也沒聽到有人講話啊！』

「『那真是活見鬼了。』王二說：『我們還是走罷！』

「一行人剛拔腿走了十多步，草叢裡那個骷髏頭骨碌骨碌的跟著滾了過來，發聲叫嚷說：『嘿，剛剛說是給我酒喝，爲什麼要騙我？』

「聲音很是淒厲，大家一看，這才明白骷髏頭真的作起祟來了。王二說：

「『老哥，你要酒，就跟著我們走，到酒舖才有呢！』

「『好！』骷髏頭說：『我會去的。』說著就不動了。

「黃昏時遇到這等怪事，連王二都嚇出一頭冷汗來，其餘幾個也嚇得手軟腳軟，好不容易回到城裡，膽氣才逐漸壯了一些，王二說：『我們這回可真得進酒樓多喝幾壺壯膽了，我倒要看看，那骷髏會不會真的跟來？』

「大家進到酒樓，挑了張桌面坐下來，點妥酒菜，老酒鬼王二特意給骷髏空出一個座位，要跑堂給個大酒杯，他想了想說：

「『就算骷髏真的來了，他也只是討酒喝而已，我相信喝酒的人即使變鬼，也不會胡亂害人，有了酒，管它陰間陽世，大夥都成了朋友啦！來罷來啊，大家夥兒乾杯啦！……替骷髏兄斟上。』

「說也真怪，大家仰頸乾杯時，空位上的那一大杯酒，竟然也餘瀝無存見了底，表示荒墳堆的骷髏，真的跑來湊上熱鬧啦，你替它添多少，它就喝多少。

「旁邊一個傢伙嚇得怪叫起來說：『哇呀呀，真的是海量啦！』

「骷髏骨頭雖沒滾的來現形，但它卻跑來猛喝酒，喝著喝著的，更歪腔歪調的唱起小曲兒來啦，幾個人光聽見聲音，卻見不到它的影子。

「『噯，老哥，你是喝醉了罷？』一個姓李的問說。

「『嘿嘿嘿，』那骷髏在虛空裡笑說：『見了酒，我連死都不怕了，還怕什麼醉啊？……有人請我喝酒，我不喝才真是笨鬼呢。』

「『我要請問你，你的酒量是怎樣練出來的啊？』王二捲著舌頭問起它來。

「『還不是和你一樣嗎？』真酒鬼說：『我悶的當口，要喝酒破悶，愁的時刻，要喝酒解愁，煩惱的辰光，想到用酒來驅煩，苦的時候，得要拿酒來慰苦，即使高興的時候，也要開杯暢飲一番，這樣久而久之，怎麼會沒有酒量呢?!……嗨，其實在世爲人，一染上酒癮，人都叫我們「酒鬼」不是?既然是鬼了，哪還分什麼真鬼假鬼?試看你們醉得東搖西晃，不是和我一樣嗎？』

「幾個聽話的聽著聽著，在真酒鬼的笑聲裡，自覺有一隻冰冷的手拍打在他們的肩膀上，這一拍，拍得人打心裡朝外發冷，他們一個個都拔腿開溜了。

「老酒鬼王二心裡也不是滋味，骷髏是自己招惹來的，做東也是自己要做的，旁人都藉機開溜了，他仍得硬著頭皮陪骷髏喝下去；那骷髏喝完一罈，又嚷嚷著再叫來一罈，王二心裡盤算：我的媽呀，照這樣喝下去，他喝完抹抹嘴就飄走啦，我哪能付得出酒賬呀?!

「『你消停坐著喝，我下樓方便，順道再替你張羅點酒菜來。』王二說。

「『這頓酒喝得真痛快，』骷髏捲著舌頭發聲說：『咱們非喝到雞叫不可。』

「老酒鬼王二下了樓，匆匆忙忙的會了賬，拔腿就跑，跑出門時，還聽見骷髏的聲音在樓上嚷嚷：『嗳，拿酒來，拿酒來呀！』

「『奇怪，』店東說：『老酒鬼王二，他是最後一個客人，方才會了賬走的，誰還在樓上叫酒。』

「『樓上再沒有人啦！』跑堂的說。

「但樓上分明是在嚷叫，跑堂的上樓一看，人是沒人，杯子罈子都在動，他也嚇得直嚷。店東聽到聲音，跟著跑上樓，親眼看見這情形，嚇得兩腿發軟。

「『這……這是鬧妖怪啦！』他說。

「『閉上你的鳥嘴！』空中有個聲音說：『什麼妖怪？好朋友請我來你們這兒喝酒的，他怎麼逃席啦？你們快去替我把他找回來！』

「『你……你究竟是誰啊？』

「『嘿嘿嘿，這還用問嗎？』對方說：『我是酒鬼！』

「『我們這兒客人這麼多，請你的那位朋友是誰？』跑堂的壯起膽子問說：『總得說出你那朋友的姓名，我們才好幫你去找，要不然，叫我們到哪兒找去?!』

「『他叫什麼來著？你瞧，我竟然忘記問他一聲了。』

「『那只有麻煩你自己去找他啦！』店東說。

「『不錯，不錯，』空裡的聲音說：『我……我自己去找他，非喝它個盡興不可！』那聲音說著說著的，就越飄越遠，真不知骷髏後來找著王二沒有……。」

羅先生一口氣說完了這個故事，大家笑得前合後仰，每個都笑指著對方說：

「酒鬼正是老兄你啊！」

「說真的，我們雖都嗜酒，但都還不到酒鬼的程度，」笑了一陣之後，老胡說：「我們不敢自比古代的文人雅士，至少，喝酒的原則還有一些的。古時候的酒客皇甫崧，寫過一篇文章，叫『醉鄉日月』，它的首章『飲論』，就列舉了不少喝酒的原則，比如說賞花飲酒，該選白天；賞雪飲酒，就該選夜晚；賞竹飲酒，要選暑熱季節；賞水飲酒，要選秋天，這就是說，醉翁之意不在酒，花光的濃灩，雪色的幽寧，夏竹的清涼，秋水的爽碧，都拿來融於酒，這是何等的高妙呀！」

「任何酒鬼，都會編出一大套理由來，主要的目的，無外乎喝酒，」羅先生也笑說：「竹葉穿心，桃花過渡，是酒；紅燭暖風春座酒，是酒；有酒詩發天外情，是酒；腸胃越喝越薄，酒癮越喝越大，喝到後來，哪還管什麼花、什麼雪、什麼竹、什麼水，全都沉進醉鄉啦。」

「喝酒在境界上雖有高低之別，」一位朱先生說：「但一般說來，低斟淺酌的飲者畢竟是少數，目前社會上，許多血氣方剛的酗酒漢子，酒後搶劫殺人，毆鬥強暴，醒時懊悔也來不及了，至少，酒能誤事是可以肯定的，酒後駕車，弄得車毀人亡的新聞也很多啊！」

「羅兄剛剛講到做鬼還嗜酒如故的事，可說是陰陽一理，」另一位座友李先生說：「在古早的傳說裡，許多鴉片煙鬼，死後還訛詐別人，要討煙吃，酒鬼死後仍然嗜酒，就理之當然啦。」

「其實，這些酒鬼的故事很多，」羅先生說：「在南京城裡，有個酒鬼老孫，一天和幾個酒友出城收賬，經過雨花台附近的墳場，看見一具被野狗刨開的墳墓，棺材蓋微開，露出一角紅裙，幾個酒鬼都猜那棺裡埋的是少婦。老孫膽大，走過去把棺蓋掀開看個究竟，果然是個少婦，模樣兒還挺俏麗的。

「老孫叫了聲：『乖乖，跟咱們進城喝酒去罷！』

「當時只是句玩笑話，誰知黃昏進城，老孫就聽見有個女人的聲音，附在他耳邊說：『大哥，你真的請我喝酒，我來啦！……』

「故事跟我前面講的大同小異，只不過結尾不同，老孫遁走後，她纏死了跑堂的。」

「唷！」老胡說：「女酒鬼比男酒鬼更厲害呢！」

「不單是一般的鬼貪杯，連鬼差也貪酒誤事的，」羅先生說：「皖北有個姓袁的，家裡窮得四壁空空，年過四十還沒有老婆，他隔鄰是姓林的富家，林家的獨生閨女因爲父母選婿嚴苛，弄得高不成低不就的耽誤了青春，她知道隔壁的袁某是個很厚道的讀書人，心裡很屬意於他，也曾轉託鄰媼，慫恿袁某到她家提親，誰知她父母看著袁某貧無立錐，一口回絕，林家的閨女十分怨鬱，就生起病來。

「這種說不出的心病，並不是藥石能醫得了的，閨女的體質原本孱弱，拖了幾個月，還是死掉了。

「袁某聽到這個消息，心裡萬分痛苦，在有月亮的夜晚，買了一壺老酒，坐在院子裡悶飲解愁，偶然一抬頭，看見牆角站著一個蓬頭赤足的漢子，手裡牽著一條鐵索，彷彿是牽著什麼，他站在牆角，兩眼斜斜的睨著他手裡的酒壺。袁某以爲是隔鄰在衙門裡當差的人，就招手說：『嗳，老哥，你想過來喝兩盅嗎？』

「那個傢伙點點頭，卻站在那兒不動；袁某斟了一盅酒遞了過去，那人接著，放在鼻尖上，繞著圈子聞嗅，卻不去喝它。

「『你是嫌酒太冷？』袁某說：『等我去溫了來。』說著，他回屋去暖了酒，再斟一盅還給對方。那人接著，仍然不喝，只是一味聞嗅，但他嗅著嗅著，臉孔逐漸發紅，把個嘴巴大張著閉不上了。

「真是怪的慌，既這般的沒量，還這麼好酒？袁某心頭納悶著，一時興動，就拿過酒杯來，把酒澆進他張著的嘴裡去，嘿，這一灌，怪事出來了，每灌他一盅，他的臉和身體就縮小了一些，三盅灌下去，他縮成嬰兒那麼小，癡癡的站著不能動啦！袁某戲牽那根鐵索，從牆角背後牽出一個素衣的少女來，再一看，原來正是林家新死的閨女！

「『呵呵，我道是誰？原來是陰司來的鬼差，拘亡靈魂魄的。』袁某說：『誰想到你老哥貪酒誤事，無意中著了我的道兒了，我要救人，不得不委屈你老哥啦！』

「說著，他拎起那個鬼差，把他塞到一只酒甕裡去，封上蓋子，又在上面畫了個八卦，把它給鎮住。後來他就得了一個鬼妻啦！」

「好！」老胡朝自己腿上拍了一巴掌說：「老羅，你這個故事就是要提醒世上人，辦正經事的時刻，千萬不要貪杯誤事，要是喝醉了酒和人家簽約，搞不好，連自己都被賣掉了呢。」

「賣掉自己還是小事，」羅先生說：「愈是重要的人物，愈不能犯這個錯；早先我還聽說過，某地的城隍爺經常喝醉酒，斷錯了案子，結果叫關聖帝君查了出來，以瀆職的罪名罷了他城隍的官呢。」

「咱們今夜晚，既不簽約，又不斷案，即使喝醉了，也搞不出什麼大漏子來，」老胡衝著我說：「怎麼樣，你這做主人的，給咱們再開一瓶罷，喝完它，咱們自會認路回家的。」

「嗨，」我嘆口氣說：「想拿死酒鬼來諷諫活酒鬼，我看也沒有什麼用了，我這就再去拿酒。」

「對呀！」老胡說話的舌尖已經有些捲了：「咱們這號人，要還不能喝得盡興，世上哪還有戲唱啊！」

國家圖書館出版品預行編目資料

藏魂罈子／司馬中原著.— 初版 —
臺北市：風雲時代，2014.08
面；　公分
ISBN 978-986-352-100-6 (平裝)

857.63　　　　103016834

藏魂罈子

作　　者：司馬中原
出 版 者：風雲時代出版股份有限公司
出 版 所：風雲時代出版股份有限公司
地　　址：105台北市民生東路五段178號7樓之3
風雲書網：http://www.eastbooks.com.tw
官方部落格：http://eastbooks.pixnet.net/blog
信　　箱：h7560949@ms15.hinet.net
服務專線：(02)27560949
郵撥帳號：12043291
執行主編：朱墨菲
美術編輯：許惠芳

法律顧問：永然法律事務所　李永然律師
　　　　　北辰著作權事務所　蕭雄淋律師
版權授權：司馬中原
初版日期：2014年11月

ISBN：978-986-352-100-6

總 經 銷：成信文化事業股份有限公司
地　　址：新北市新店區中正路四維巷二弄2號4樓
電　　話：(02)2219-2080

行政院新聞局局版台業字第3595號
營利事業統一編號22759935
©2014 by Storm & Stress Publishing Co.Printed in Taiwan

定價：220元
版權所有　翻印必究
◎ 如有缺頁或裝訂錯誤，請退回本社更換

雲時代 風雲時代 風雲時代 風雲時代 風雲時代 風雲時代 風雲時代
風雲時代 風雲時代 風雲時代 風雲時代 風雲時代 風雲時代 風
雲時代 風雲時代 風雲時代 風雲時代 風雲時代 風雲時代 風雲時代
風雲時代 風雲時代 風雲時代 風雲時代 風雲時代 風雲時代 風
雲時代 風雲時代 風雲時代 風雲時代 風雲時代 風雲時代 風雲時代
風雲時代 風雲時代 風雲時代 風雲時代 風雲時代 風雲時代 風
雲時代 風雲時代 風雲時代 風雲時代 風雲時代 風雲時代 風雲時代
風雲時代 風雲時代 風雲時代 風雲時代 風雲時代 風雲時代 風
雲時代 風雲時代 風雲時代 風雲時代 風雲時代 風雲時代 風雲時代
風雲時代 風雲時代 風雲時代 風雲時代 風雲時代 風雲時代 風
雲時代 風雲時代 風雲時代 風雲時代 風雲時代 風雲時代 風雲時代
風雲時代 風雲時代 風雲時代 風雲時代 風雲時代 風雲時代 風
雲時代 風雲時代 風雲時代 風雲時代 風雲時代 風雲時代 風雲時代
風雲時代 風雲時代 風雲時代 風雲時代 風雲時代 風雲時代 風
雲時代 風雲時代 風雲時代 風雲時代 風雲時代 風雲時代 風雲時代
風雲時代 風雲時代 風雲時代 風雲時代 風雲時代 風雲時代 風
雲時代 風雲時代 風雲時代 風雲時代 風雲時代 風雲時代 風雲時代
風雲時代 風雲時代 風雲時代 風雲時代 風雲時代 風雲時代 風
雲時代 風雲時代 風雲時代 風雲時代 風雲時代 風雲時代 風雲時代
風雲時代 風雲時代 風雲時代 風雲時代 風雲時代 風雲時代 風
雲時代 風雲時代 風雲時代 風雲時代 風雲時代 風雲時代 風雲時代
風雲時代 風雲時代 風雲時代 風雲時代 風雲時代 風雲時代 風
雲時代 風雲時代 風雲時代 風雲時代 風雲時代 風雲時代 風雲時代
風雲時代 風雲時代 風雲時代 風雲時代 風雲時代 風雲時代 風
雲時代 風雲時代 風雲時代 風雲時代 風雲時代 風雲時代 風雲時代
風雲時代 風雲時代 風雲時代 風雲時代 風雲時代 風雲時代 風
雲時代 風雲時代 風雲時代 風雲時代 風雲時代 風雲時代 風雲時代
風雲時代 風雲時代 風雲時代 風雲時代 風雲時代 風雲時代 風
雲時代 風雲時代 風雲時代 風雲時代 風雲時代 風雲時代 風雲時代
風雲時代 風雲時代 風雲時代 風雲時代 風雲時代 風雲時代 風
雲時代 風雲時代 風雲時代 風雲時代 風雲時代 風雲時代 風雲時代
風雲時代 風雲時代 風雲時代 風雲時代 風雲時代 風雲時代 風
雲時代 風雲時代 風雲時代 風雲時代 風雲時代 風雲時代 風雲時代
風雲時代 風雲時代 風雲時代 風雲時代 風雲時代 風雲時代 風
雲時代 風雲時代 風雲時代 風雲時代 風雲時代 風雲時代 風雲時代
風雲時代 風雲時代 風雲時代 風雲時代 風雲時代 風雲時代 風
雲時代 風雲時代 風雲時代 風雲時代 風雲時代 風雲時代 風雲時代
風雲時代 風雲時代 風雲時代 風雲時代 風雲時代 風雲時代 風
雲時代 風雲時代 風雲時代 風雲時代 風雲時代 風雲時代 風雲時代
風雲時代 風雲時代 風雲時代 風雲時代 風雲時代 風雲時代 風
雲時代 風雲時代 風雲時代 風雲時代 風雲時代 風雲時代 風雲時代

風雲時代